그　얼굴을

오
래

바 라보았 다

그 얼굴을 오래 바라보았다

이상희 지음

엘리

만약 '인간이 소중한 것을 잃고 어떻게 살아가느냐' 묻는다면,
그 대답이 '적응'이나 '극복'일 수는 없다는 걸
우리는 매일 배워가는 중이다.

차례

1부 이토록 연약한 우리

2부 아픈 사람들, 돌보는 사람들

3부 깨진 그대로 와서 편히 있어요

1부

✳

이토록 연약한 우리

✳
그날 당신의 손을
잡았을 때

몇 번이나 떠올렸을까. 아파트 복도 맨 끝에서 우리 집을 향해 걸어오던 당신의 모습을. 평소의 수줍던 모습과 달리 한잔 술에 용기가 생긴 당신이 나를 향해 손을 흔들며 내 이름을 힘차게 부르던 모습을. 다른 집은 다 한밤중이라고 목소리 낮추라고 핀잔을 주면서도 당신의 들뜬 얼굴이 우스워서 함께 미소 짓고 말았던 그 순간을. 마치 고장 난 엘피판처럼, 나는 반복해서 당신의 얼굴을 떠올리고 상상하고 그려보았다. 그러다 현실로 돌아오면 당신은 응급실 침대에, 엑스레이 촬영대에, 수술대 위에, 중환자실에 누워 있었다. 어떤 날은 내 상상과 당신의 현실이 부딪혀 거센 파열음을 내기도 했다. 나는 눈앞의 아픈 당신을 보고 있으면서도, 우리 집을 향해 무사히 걸어오던 당신이 너무나 선명해서 당혹스러웠다. 자꾸만 지난날의 기억 속으로 돌아가고 싶었다. 당신이 사고를 겪지 않고, 병원에 실려 오지 않고, 그저 그날처럼 성큼성큼 걸어서 나에게 돌아오기를. 그렇게 이뤄질 수 없는 꿈을 매일 꾸었다. 병원 보조 의자에서 깜빡 졸 때라도 있으면 당신은 늘 저 복도 끝을 막 돌아서서 나에게 손을 흔들었다. 나는 마주 손을 흔들다가 소스라치게 놀라 잠에서 깨고는 했다. 놀라 눈을 뜨면 여전히 병원 복도였다.

그해 늦여름은 남편이 담당한 프로젝트의 성과가 보이려던 시점이었다. 벌써 몇 달째 남편을 비롯한 팀원들은 야근을 마다하지 않고 프로젝트의 성공을 위해 힘을 모아왔다. 그날은 거래처의 중역들까지 모두 모인 자리에서 중간보고를 하는 날이라고 했다.

"오늘 보고 끝나면 거래처 사람들과도 다 같이 저녁을 먹을 테니까 조금 늦을 거야. 그래도 내일은 반차를 냈으니까 상희 수업 끝나면 오후에 만나서 놀자!"

"좋아! 오늘까지 일 마무리 잘하고 와. 기다릴게."

결혼기념일을 하루 앞두고 있었기에 우리는 조금 들떠 있었다. 지난 몇 달간 함께 저녁 식사를 한 적이 손에 꼽을 정도여서 더욱 그랬을 거다. 그날 저녁 남편의 메시지를 받았다.

"중간보고 완료! 잘 끝났음! 결과 괜찮다고 칭찬도 들음! 거래처 직원 중 한 분이 생일이라 내가 케이크 사 가기로 했어. 잘 다녀올게!"

"응~ 고생했어~ 케이크 맛있는 걸로 골라, 이따 봐~"

몇 시간이 지났을까. 남편은 전화를 받지 않았다. 남편은 회식 자리에 있더라도 메시지를 자주 남기는 사람이었다. 중간중간 짧은 통화도 잊지 않았다. 하지만 그날은 워낙 중요한 자리이고 사람들도 많아서 평소처럼 연락하기란 힘들 거라고 얘기했었다. 나는 그러려니 하는 마음으로 기다렸고, 열시가 지나자 한 번쯤 메시지를 남겨도 좋겠다 싶었다. 이상하게도 여전히 그 메시지에 답이 없었다. 불안한 마음이 들었다. 그렇게 잠들지 못하고 남편을 기다렸다. 어느새 열한시가 지나고, 자정이 넘었다. 나는 아파트 주차장에, 곧이어 아파트 정문까지 내려가보았지만 텅 빈 길에는 아무도 없었다. 한시가 되었다. 남편의 전화는 계속 아무런 응답도 하지 않은 채 신호만 갔다. 설마 차에서 잠들었나. 혹시 그렇더라도 내릴 때가 되면 깰 테니 나는 다시 전화를 걸었다. 받지 않았다. 조금씩 더 불안해지기 시작했다.

사십 분쯤 더 지났을까, 전화가 울렸다. 낯선 번호였다. 이런 일은 처음이다. '이 시간에 누굴까?' 하는 의아한 마음이 잠깐 스치자 이내 이 전화가 남편과 관계된 전화일 거라는, 무엇보다 반가운 전화는 아니리라는 강한 예감이 들었다.

전화를 건 쪽은 경찰이었다. 그는 내게 "남편분이 좀 다치셨어요. 얼른 오셔야겠어요. 많이 다치셨어요"라고 했다. '좀 다치셨다'고 했다가 금세 '많이 다치셨다'고 말하는 걸 보니 정말로 많이 다친 거라는 생각이 들었다. 나를 안심시키는 것보다 상황을 솔직하게 전달하는 게 중요할 만큼 위중한 상황. 아무 옷이나 손에 잡히는 대로 갈아입고 핸드폰과 지갑을 챙겼다. 슬리퍼를 신는 둥 마는 둥 하고 달려 내려갔다. 한산한 길에는 차가 거의 없었다. 다행히 저편에서 빨간 '빈 차' 표시등을 켠 택시가 내 쪽으로 오고 있었다. 얼른 손을 흔들었다.

택시를 타고 경찰이 알려준 집 근처 병원으로 향하는 그 짧은 시간 동안 나는 너무 많은 생각에 사로잡혀서 그중 어떤 것도 내 쪽으로 끌어올 수 없었다. 필요한 모든 걸 생각하려고 노력했지만, 끝내 아무것도 할 수 없었다. 아닐 거라고 괜찮을 거라고 생각하려 애를 썼지만, 그 말이 이미 거짓말이라는 생각이 들었다.

병원 응급실에 도착하니 그곳에 크게 다친 남편이 누워 있었다. 나에게 전화를 했던 경찰도 나를 기다리고 있었다. 경찰은 나에게 사고 경위를 설명했다. "사고 차량이 남편분의 머리를 역과했습니다." 낯선 말이었다. 경찰이 한 말을 내가 아는 한 있는 그대로 이해해보려 했다. '차 바퀴가 남편의 머리를 밟고 지나갔다.' 손이 덜덜 떨리기 시작했다.

당시 남편의 얼굴을 오랜 시간 지켜보았는데도, 지금 내 기억 속에 그날 그의 얼굴은 남아 있지 않다. 모든 게 선명한데도, 그날 그의 얼굴만은 희뿌옇게 안개가 낀 것처럼 떠오른다. 그는 쇼크로 온몸이 부들부들 떨렸다. 자꾸 어디론가 가려고 했다. 그게 왠지 집으로 오려는 것 같아서 애처로워 보였다. 응급 처치를 하려면 움직이면 안 되는데, 그는 자꾸 어디론가 가야 할 것처럼 침대에서 벌떡벌떡 일어났다. 응급실 의사들은 나에게 남편이 진정할 수 있게 이름을 부르고 손을 잡아주라고 했다. 나는 당신의 이름을 부르고 손을 잡았다.

내가 지키고자 애썼던 모든 것들이 뒤흔들리고 있었다. 당연했던 모든 것들이 부서진 유리 파편처럼 나뒹굴었다. 당장 몇 시간 후면 출근해야 한다는 그 지엄하기까지 한, 그래서 때로는 나를 옥죈다고 느꼈던 약속까지도 아무 의미 없이 흐릿해졌다. 내가 발 딛고 선 땅은 더 이상 단단하지 않았고 나는 마치 허공 위를 걷는 것처럼 위태로웠다.

당직 의사는 나에게 남편을 더 큰 병원으로 황급히 이송해야 하는데 받아주는 병원이 없다고 했다. 나는 부탁드린다고, 다시 한번 연락을 해봐달라고, 부탁드린다고, 반복해서 말했다. 바로 옆 침상에서 당신은 몸부림을 치고, 의사는 이송 병원이 없다며 당황해하는 동안 시간은 계속 흘렀다. 아무것도 모르는 내 눈에도 상황은 안 좋아 보였다.

시간은 속절없이 가고, 나는 그대로 있을 수 없어 도움을 요청할 만한 사람들에게 무작정 전화를 걸었다. 지금 남편이 위중한데 받아주는 병원이 없다고, 주변에 아는 의사가 있으면 제발 연락해달라고. 그렇게 몇 명의 잠을 깨웠을까(어느 순간부터 시간이 기억나지 않는다), 근처의 대학병원 신경외과에서 남편을 치료하겠다고 연락이 왔다. 남편의 상처를 제대로 봐줄 의사를 곧 만날 수 있었다.

앰뷸런스에 인턴까지 함께 올라타고 병원으로 출발했다. 그 사이에도 남편은 계속 괴로워했다. 혈압은 솟구치고, 호흡도 일정치 않았다. 앰뷸런스에는 운전자 외에 보조 치료사가 동승하는데, 의사와 치료사는 운전자에게 더 밟으라고, 더 밟으라고 소리쳤다. 새벽이었고, 길은 텅 비어 있었다. 나는 그 말이 무슨 뜻인지 알 것 같아서 눈물조차 나지 않았다. 그저 남편의 손을 잡고 "괜찮아"라는 말만 반복했다. 그가 만약 내 목소리를 들을 수 있다면, 괜찮다고 걱정하지 말라고 얘기해주고 싶었다.

대학병원으로 이송되고도 한참이 지나서야 날이 밝았다. 시간이 흐르는 동안에도 남편의 발작이 멎지 않아서 검사를 진행할 수가 없었다. 나는 초조한 마음으로 커튼 쳐진 응급실 한쪽을 지켜보며 서성거렸다. 자다 일어나 나온 듯 온 눈이 새빨갛던 신경외과 교수는 남편의 외상은 매우 위중하고 다발적이어서 함부로 수술할 수 없다고 했다. 발작 중에 겨우겨우 찍은 엑스레이만으로는 외상의 범위와 깊이를 판단할 수 없고, 남편이 진정되고 좀 더 정밀한 검사를 진행한 다음 어떤 치료든 시작할 수 있다고 말이다. 남편의 상해 정도를 쉬이 짐작하기 어렵다는 교수의 설명과 "사고 차량이 남편분의 머리를 역과했습니다"라던 경찰의 말이 겹쳤다. 남편의 머리는 어떤 상태일까. 그는 지금 어떤 상처를 입었나. 점점 더 무서워졌다. 그가 살 수 있을까, 같은 생각조차 할 수 없었다. 그저 상해가 집중되어 있다는 그의 머릿속을 교수가 제대로 볼 수만 있으면 좋겠다고 생각했다.

다량의 진정제를 투여한 후에야 남편은 겨우 안정을 찾았다. 그때부터 수없이 많은 검사를 받았다. 그리고 그 검사들로부터 남편과 나의 기나긴 병원 생활이 시작되었다.

마치 어제 일처럼 선명하다. 피투성이가 된 남편의 손을 잡았던 순간이, 치료를 위해 마구 잘라낸 남편의 옷과 가방을 받아들고 어디로 가야 할지 몰라 멍하니 서 있던 그 순간이.

나는, 그날 당신의 손을 잡았을 때 정말 두려웠다. 당신에게는 계속 "괜찮다" 했지만, 어떻게 해서든 그렇게 해주고 싶었지만, 뭘 어떻게 해야 할지 몰랐다. 그저 곁을 지키는 것 말고는, 실제로 내가 할 수 있는 일은 없었으니까. 뒤돌아보니 우리가 걸어온 길은 모두 사라져버렸고, 우리 앞의 길마저도 전혀 보이지 않는 낭떠러지 앞에 서 있는 기분이었다. 더구나 내가 이 낭떠러지에서 한 발짝 내디뎌야 한다는 사실만이 분명해서 나는 두려웠다. 우리는 어디까지 떨어지게 될까. 우리에게 안전장치가 있었나.

그런 두려운 순간마다 당신의 모습이 떠올랐다. 나에게 손을 흔들며 걸어오던 모습. 깜깜한 밤, 어두운 복도, 하지만 밝게 웃던 당신의 미소만은 어쩐지 선명했던 그날. 마치 꿈같은 상상 속에서 당신이 나를 향해 걸어오면 나는 아이러니하게도 이 현실을 더 분명하게 감각해야 했다. 당신을 향해 손을 흔들 수 없다는 사실을. 당신이 나를 향해 걸어올 수 없다는 현실을.

✳

저 벽 너머에 닿기를

　맨 처음 나를 부른 곳은 중환자실이었다. 응급실에서 종류도 다 기억하기 힘들 만큼 많은 검사를 받은 남편은 중환자로 분류가 되었다. 머리 쪽을 다쳤기 때문에 신경외과에 배정되었지만, 얼굴 뼈도 다수 골절되어 있어서 성형외과에서도 협진을 하기로 했다. 나중에 알게 되었지만 사고 당시 이미 시신경의 손상이 상당해서 안과의 협진은 보류된 상태였다. 생명을 구하는 게 먼저라는 판단이었다. 중환자실의 간호사는 나에게 기저귀, 깔개 매트, 억제대, 빨대가 달린 컵, 물티슈 등이 적힌 메모지를 건넸다.

　"바로 구매해 오셔야 합니다."

좀 전에 응급실에 누워 있을 때만 해도 우리 사이가 멀게 느껴지지 않았는데, 중환자실에 입원한 당신과는 가늠할 수도 없이 내가 멀리 떨어져 있다는 느낌이 들었다. 간호사의 말에 뭐라 더 물을 말도 없었다. 당신의 상태에 대해서도, 당신에게 무엇이 필요한지에 대해서도 아무것도 몰랐으니까. 나는 알겠다고 대답하고 얼른 병원 지하의 의료기 상사로 가 메모지를 내밀었다. 사장님은 목록만 봐도 대충 어떤 상태인지 알겠다는 듯 물건을 챙겼다. 값을 치른 뒤 중환자실로 달리듯 올라가서 의료진에게 물건들을 전했다.

"환자분은 지금부터 저희가 전적으로 치료하고 돌보게 됩니다. 면회는 하루에 한 번 가능하세요. 환자분 상태는 조금 있다 주치의가 설명해주실 거예요."

그 '조금 있다'라는 게 언제인지 물을 새도 없이 간호사는 빨려 들어가듯 중환자실로 사라졌다. 나는 중환자실 앞 대기 의자에서 종일 앉아 있을 수밖에 없었다. 물론 '조금 있다'라는 게 언제라는 걸 정확히 알았다고 해도 그곳을 쉽게 떠나지 못했을 테다. 중환자실 앞은 그런 곳이니까. 머뭇거리게 되는 곳. 다섯 걸음을 갔다 여섯 걸음을 되돌아오는 곳.

남편이 중환자실 벽 너머에 누워 있는 동안 나는 부지런히 이 '현실'로 돌아와야 했다. 지금 무슨 일이 일어난 건지, 내가 무슨 일을 해야 하는지. 나는 그때 그런 것들을 생각했었나. 어딘가 불안하고 슬퍼 보이는 사람들 사이에 앉아서 나 역시 불안하고 슬픈 얼굴로 우리의 앞으로를 떠올려보았던가. 잘 기억나지 않는다. 내가 기억하는 거라고는 중환자실의 문과, 그 앞에 달려 있던 인터폰과, 조금은 차가웠던 그곳의 공기뿐.

당시에는 내내 인터폰에 매달려서 지냈다. 면회는 하루에 한 번만 가능했고, 그마저도 24시간 중 이십 분에 불과했다. 환자복을 입고 몸에는 온갖 주사를 매단 채 흐릿해진 눈동자로 두리번거리던 남편의 얼굴을 보고 나온 후로, 나는 그 인터폰을 누르고 남편의 상태를 물을 수 있는 순간만을 기다리며 하루를 살아냈다. 너무 자주 물을 수도 없어서, 낮에 남편을 보고 나오면 몇 시간을 기다려 저녁쯤이나 한 번 인터폰을 쓸 수 있었다. 간호사는 어떤 환자를 찾으시냐고 물었고 나는 남편의 이름을 가능한 또박또박 불렀다. 그러면 간호사는 대강의 상황을 들려주었다. 그 말들로 남편의 상황을 가늠하기는 어려웠지만, 그 말에 의지하며 지냈다. "네. 그렇군요. 감사합니다." "상황이 바뀌면 언제든 연락주세요." "잘 부탁드립니다." 그런 말들을 건넸다. '잘 부탁드린다'는 말이 너무 우습게 들리기도 했다. 하지만 내가 무슨 말을 더 하겠는가. 이런 마음을 아는지 모르는지 간호사는 매번, 알겠다고, 그러겠다고, 연락드리겠다고 답해주었다.

그렇게 인터폰의 불이 꺼지면, 나는 오갈 데 없는 마음이 되어 그 앞을 서성였다. 간호사가 들려준 몇 가지 문장과 단어들을 여러 번 곱씹어보았다. 열이 조금 난다고 했는데 그건 무슨 뜻일까, 항생제를 맞았다고 했는데 그건 어디를 치료하는 걸까, 섬망이 있다는 말이 무엇이지? 나는 핸드폰을 열어 검색한다.

섬망 : 외부에 대한 의식이 흐리고 착각과 망상을 일으키며 헛소리나 잠꼬대, 또는 알아들을 수 없는 말을 하며, 몹시 흥분했다가 불안해하기도 하고 비애悲哀나 고민에 빠지기도 하면서 마침내 마비를 일으키는 의식 장애.

차라리 남편에게 필요한 기저귀나 물티슈를 사다달라고 부탁 받는 날은 운이 좋은 편이다. 내가 남편을 위해 뭐라도 할 수 있으니까. 그 앞에 서서 오갈 데 없는 마음으로 서성이지 않아도 되니까. 물론 날 듯이 의료기 상사에 다녀오고 나면 나는 다시 오갈 데 없는 사람이 되고 말 테지만.

중환자실에 입원한 후로 며칠째 병원에서 지낸 다음이었나. 가족들의 손에 이끌려 집으로 갔다. 엄마는 된장찌개를 끓이고 있었고 주말이었는지 티브이에서는 연예인들이 재미있는 이야기를 나누며 웃는 소리가 들려왔다. 집은 환했다. 오빠는 좀 누우라고 자리를 마련해주며 "티브이 좀 볼래?"라고 물었다. 나는 그러겠다고 대답했던가, 아니라고 대답했던가. 집에 있는 내 모습이 낯설고 어색했다. 집에서 뭘 해야 할지 몰랐다. 끊임없이 남편의 얼굴이, 흐릿해진 눈동자로 두리번거리던 얼굴이, 섬망 때문에 "어제 아랫집 할아버지 돌아가신 거 알아요?"라고 엉뚱한 말들을 늘어놓던 목소리가 떠올랐다. 그러다 고개를 들면 집은 환했고, 엄마는 저녁을 짓고 있었고, 오빠는 나를 살폈다. 내가 저녁도 먹는 둥 마는 둥 하고 티브이도 보는 둥 마는 둥 하며 앉지도 눕지도 못하고 서성거리자 끝내는 오빠가 나섰다.

"병원 가볼래?"

나는 한 치의 망설임도 없이 대답했다.

"응."

오빠와 함께 병원으로 향한 나는 한달음에 달려가 중환자실 인터폰 앞에 선다. 아주 잠깐, 아주 짧은, 어쩌면 들어도 소용없을 이야기들이 흘러나올 것을 이미 다 알면서도 그 앞에선 어쩐지 마음이 놓인다. 당신과 가까워졌기에 나는 괜찮아진다. 간호사는 피곤하고 분주한 목소리로, 하지만 내 마음을 알아봐주듯, 자신이 알려줄 수 있는 것들을 말해준다. 아직 당신에게 더 필요한 것은 없다. 그러니 이제 이 인터폰의 불이 꺼지면 나는 다시 내일의 면회 시간이 될 때까지 서성이게 될 것이다. 누구라도 붙잡고 매달리고 싶지만, 더는 그러지 않기로 한다. 대신 인터폰에 대고 최선을 다해 말한다.

"언제든 제가 필요하면 연락주세요. 몇 시든 괜찮아요. 그리고 감사합니다. 잘 부탁드려요."

나의 최선이 닿았을까. 이 벽 너머로 전해졌을까. 거기서 외롭게 섬망에 시달리고 있을 당신에게. 그러다 불쑥 열이 솟구치고, 골절된 뼈들 때문에 아플 당신에게. 그리고 당신을 돌보고 있을 그 안의 모든 사람들에게. 나는 조금만 서성이겠다고 다짐한 마음이 무색하게 여전히 중환자실 앞 복도를 서성인다. 그런 나를 저 멀리서 오빠가 바라본다. '집으로 가자'는 말도 없이, 그저 서 있다.

중환자실

낮 열두시, 중환자실 앞은 사람들로 북적인다. 마치 중환자실의 차가운 공기가 여러 겹의 문을 뚫고 나오는 것처럼 그 근처만 가도 서늘함이 끼치는 복도를 사람들의 열기가 채운다. 사람들은 저마다 다른 모습을 하고 있다. 늙은 어머니와 나이 든 아들이, 재잘거리는 아이들과 조용한 아버지가, 서로 닮은 사람들이, 때로는 연령과 성별로 쉬이 관계를 짐작할 수 없는 사람들이 모두 비슷한 얼굴로 중환자실의 작은 문 앞에 모여든다.

간이로 마련한 긴 책상 위에는 작은 종이가 놓여 있다. 병문안을 하려는 사람들이 인적 사항을 그 위에 적는다. 한꺼번에 두세 명 이상의 사람이 중환자실로 들어가면 안 되니 이십 분

단위로 시간을 쪼개고 순서를 정해 면회를 하는 게 보통이다. 대가족이 문병을 온 경우에는 한쪽 구석에 모여 오늘 면회자를 정한다. 고작 문 안으로 들어갈 사람을 정하는 일이지만 간단히 결론이 나지 않는다. 모두가 망설인다. 조심스럽다. 그들에게는 내일이 불투명하기 때문이다. 내일 다시, 저 안에 있는 누군가를 살아서 만날 수 있다는 확신이 없기에 어느 때보다 진지한 대화가 이뤄진다.

중환자실 안으로 들어가면 처음에는 차가운 공기 때문에 놀란다. 다음으로는 아파하는 사람들이 만드는 고통스러운 엄숙함, 그 안에서 생명을 다루는 의료진들이 내뿜는 엄격함에 놀란다. 내 손은 무력하다. 환자에게 뭔가를 해볼 수 있는 일말의 가능성도 없다. 그걸 누군가 내게 설명하지 않아도 온몸으로 느낄 수 있다.

중환자실에서는 이런 말이 일상이다. "댁이 먼가요?" "병원까지 얼마나 걸리시죠?" "병원 가까운 곳에 계세요." "핸드폰 꺼두지 마세요." 어떤 날은 "오늘은 병원에 머물러주세요"라고 했다. 그 말을 들은 날, 나는 중환자실 옆 복도에 놓인 대기 의자에서 밤을 보냈다. 병원 의자는 매우 불편해서 육천 원짜리 돗자리를 구입해 나만의 공간을 마련했다. 사람들이 하나둘 집으로 돌아가고 홀로 남았을 때, 복도의 불마저 꺼지자 나는 돗자리를 펴고 누웠다. 경비원은 이따금 순찰을 돌았고, 이런 모습은 익숙하다는 듯 나를 지나쳤다. 깜빡 잠이 들었을까, 그가 내 어깨를 흔들었다. "이제 일어나셔야 해요."

무사히 하룻밤이 지났다. 다행히 남편의 상황이 달라져서 나를 찾는 일이 없었다. 중환자실 간호사와 의사 들이 옷을 갈아입고 퇴근하는 중이었다. 동시에 오늘 치의 업무를 위해 출근하는 의료진도 보였다. 그 활기를 물끄러미 바라보았다. 삶과 죽음이, 한순간에 다가오는 중이었다. 삶이 이어지는 일, 삶이 끊어지는 일, 삶이 어찌 될지 몰라 마냥 기다려야 하는 일이 모두 한순간에 존재했다.

부서진 조각들

　병원에는 많은 사람들이 오고 갔다. 수술이 끝나기를 기다리는 보호자들, 뜻밖의 소식에 망연자실한 사람들, 나처럼 중환자실 안의 가족을 기다리는 사람들. 그들 모두 각기 다른 아픔이 있었지만 우리에게는 한 가지 공통점이 있었다. 그건 바로 우리가 기다리는 '그 사람'의 이름으로 불린다는 것. 그리고 보니 중환자실 간호사도 나를 남편의 이름으로 불렀다. 나는 아무렇지 않게 그 이름에 반응하며 이런저런 설명을 듣고 시키는 일을 했다. 나는 내 이름 대신 남편의 이름으로 불리면서 병원 이곳저곳을 헤매 다녔다.

남편이 사고를 겪은 다음날, 그의 회사와 나의 직장에 출근할 수 없다는 사실을 전해야 했다. 전화를 받은 남편의 동료는 갑작스러운 소식에 놀라 말을 더듬었다. 지난밤의 회식은 수개월째 이어지던 프로젝트의 중간보고를 마치고, 앞으로의 업무 진행 방향을 나누며 서로를 독려하는 자리였다. 자리를 파하고 각자의 집으로 헤어진 게 불과 몇 시간 전이니 남편의 사고 소식이 더 뜻밖이었으리라. 회사 측에서도 '대책을 세우겠다'고 말했다. 당시 나는 시간강사로 중학교 두 곳에서 일하고 있었다. 죄송한 마음이 앞섰지만 출근을 할 수 없는 것은 곧 결강을 의미했기에 망설일 겨를이 없었다. 내가 수업할 그 시각에 남편은 아직도 응급실에서 검사를 받는 중이었고, 여전히 다친 부위를 제대로 파악조차 못 하는 상황이었다. 전화를 받은 동료 선생님은 많이 놀라고 당황하는 것 같았다. 학교에서도 우선 공강인 선생님들을 동원해 수업을 진행하겠다고 했다. 그 후 한 선생님께서 내게 문자를 보냈다.

쌤, 그럼 앞으로 계속 수업을 못 할 수도 있는 걸까요? 이런 질문을 해서 미안하지만 수업을 계속 공백으로 둘 수 없어서 그래요. 만약 쌤이 하루 이틀 사이에 다시 출근할 수 없는 상황이라면 우리로서는 당장 선생님을 구해야 해서요. 며칠은 기다려줄 수 있지만, 그 이상은 힘들 것 같아요. 미안해요.

나는 수능이 끝난 다음 주부터 과외를 하기 시작했다. 그 후로 대학 신입생 환영회 때도, 7년 만에 대학을 졸업했을 때도, 뒤늦게 교육대학원에 진학했을 때도, 나는 언제나 아이들을 가르치는 중이었다. 과외 강사, 학원 강사, 학습지 강사로, 재능을 고민해보기도 전에 직업을 가졌다. 누나나 언니가 자연스럽던 나이부터 선생님이나 이모가 자연스러운 나이가 될 때까지 나는 항상 아이들과 함께였다. 남편이 사고를 당한 것은, 대학원에서 교원 자격증을 취득한 후 처음으로 학교에서 아이들을 가르치기 시작한 바로 그해였다.

나에게 미안하다고 말하는 선생님의 목소리가 들리는 듯해 돌연 정신을 차렸다. 그 메시지 덕분에 내가 곧바로 학교에 돌아가지 못하리라는 현실을 인정할 수 있었다. 그렇게 나는 선생님에서 보호자가 되었다. 그리고 그건 아무렇지 않은 일이었다.

직업으로서 보호자를 택한 건 아니었지만, 내게 주어진 일은 분명 직업으로서의 보호자였다. 나는 하루에도 몇 번씩 불특정한 순간에 예상치 못한 상황을 맞닥뜨려야 했고, 그때마다 중요한 결정들을 내려야 했다. 그건 아침 일찍일 때도 있었고 한밤중일 때도 있었다. 병원에서의 중요한 일이란 언제나 환자나 보호자의 결정이 필수적인 일이어서, 나는 언제나 그곳에 있지 않아도 늘 그곳에 있어야 하는 존재였다. 남편은 이미 스스로 아무엇도 결정할 수 없는 상태였기에 나의 필요와 책임은 배가 되었다. 한 사람의 성인이 삶에서 멀어질 때 해결하고 결정해야 할 일들이 얼마나 많이 생기는지 나는 미처 알지 못했다. 이 시간이 얼마나 지속될지, 어떻게 흘러갈지, 내가 어떤 것을 준비해야 하는지도.

사랑하는 일이 기꺼이 이름을 잃어가는 일일 것이라고 생각해본 적은 없었다. 불쑥, 내 이름으로 불리면서도 행복해하던 어린 시절 부모의 얼굴이 스쳐 갔다. 자신의 이름이 서서히 사라져가는 긴 인내의 시간을 그저 사랑이라고 불러도 되는 걸까, 갑자기 미안한 마음이 들었다.

아빠와 오빠를 오랜 시간 간호했던 엄마는 어른이 된 나에게 이런 이야기를 했었다. "너를 잃지 않아야 해. 네가 불행하면 누구도 행복하지 않아."

그 말에 담긴 뜻을 오래도록 고민해왔다고 믿었다. 나를 잃지 않는다는 건 뭘까, 내가 행복한 길은 뭘까, 하면서. 하지만 나는 그 대답을 찾기도 전에 병원에서 무명의 보호자가 되어가고 있었다. 그래서 엄마를 보는 내 마음이 그토록 애달프고 서러웠나. '엄마, 나는 엄마가 그토록 알려주고 싶어했던 걸 찾지도 못하고 지금 여기에 서 있어요. 그런데 지금 나는 저기 누워 있는 저 사람이 너무 가여워요. 엄마, 내가 저 사람 곁에 서 있어도 될

까요. 아니, 서 있을 수 있을까요. 나는 아직 나를 잃지 않는다는 게 뭔지도 모르는데 내가 이 일을 해낼 수 있을까요. 그리고 나면 나는 어떻게 되는 걸까요.'

나는 그의 보호자가 되었지만, 여전히 그게 무엇인지 잘 알지 못했다. 이제 막 보호자가 되었기에 오랜 시간을 보호자로 살아온 엄마의 수수께끼 같은 질문에도 답할 수 없었다. 그 대답을 이제부터 살아가야 할 터였다. 보호자가 무엇인지 배우고 알아가고 만들어가야 할 터였다. 동시에 나라는 인간의 조각들도 처음부터 다시 맞춰가야 할 터였다. 내가 선택한 길은 그런 것이었다.

혼자 있잖아요

남편의 첫인상을 선명히 기억한다. 새내기였던 그는 긴 눈매가 날카로운, 청년보다는 아직 소년에 가까운 이였다. 그의 화법은 또래보다 다소 느릿하고 담백했다. "밥 먹자" "차 한잔하자"는 내 문자에 "네"가 전부였고, "뭐 해?"라고 물으면, "있어요"라고 말했다. 아, 때론 과정을 건너뛰어 "어디세요? 나갈게요"라고 했다.

나는 그런 그가 좋았다. 꾸밈없는 태도도, 사심 없는 어투도 마음에 들었다. 한편으로는 좀 망설였다. 서글펐던 내 삶에 성큼성큼 다가오는 당신이, 그 해맑은 진심이, 나를 더 못나 보이게 했기 때문에. 그를 보내고 집에 돌아오면 '내일은 헤어질 거야' 다짐하곤 했다. 물론 이별은 내 마음으로 원하는 일이 아니었고 나는 그와 헤어지지 않았다. 오히려 그는 나의 남편이 되었고 우리는 부부가 되었다.

남편이 중환자실에 입원한 지 며칠쯤 지났을까. 면회 시간이 되어 중환자실에 들어가면 그는 파리채가 덧대어진 것같이 생긴 장갑을 끼고 누워 있었다. 의식이 온전치 않은 환자들이 상처를 만지거나 주사를 뽑을까 쓰는 일종의 억제대였다. 어떤 날은 내 목소리를 듣고 나를 바라보려 애썼는데, 이미 눈이 보이지 않으니 고개를 이리저리 두리번거릴 뿐이었다. 내가 아프지 않냐고 하면 남편은 당시 섬망이 심해서, "문자 할 테니 어서 집에 가 있어" 하고 말했다. 그러면서도 계속 나더러 괜찮으냐고, 별일 없냐고 했다. 그런 남편을 고작 이십 분간 바라보다 나오던 길. 몇 번이나 뒤돌아보고 또 뒤돌아보다가 눈물이 범벅된 채로 쓰러질 듯 걸어 나오던 길. 행여 그가 들을까 엉엉 소리 내어 울 수도 없어서 속으로만 삼키며 떨어지지 않는 걸음을 떼던 그 길이 머릿속에 선명하다.

어떤 날은 도저히 그냥 돌아 나올 수 없어서 염치없이 중환자실 구석에 오래 서 있었다. 아무 말도 하지 않고 울지도 않고 그냥 남편을 바라보고 서 있었다. 간호사와 의사 들은 한두 번 나를 힐끗댔지만, 그냥 서 있게 해주었다. 내가 보고 있다는 걸 모르는 남편은 손을 휘젓거나 혼잣말을 하면서 누워 있었다. 나는 남편의 손을 잡을 수도, 말을 건넬 수도 없었지만 지켜볼 수 있었다. 당신을 혼자 두지 않을 수 있어서 조금 괜찮아졌다. 한참을 서 있다 나오면 조금 견딜 힘이 생겼고 그만큼 숨을 쉴 수 있었다. 비로소 깨닫는다. 그 시간은 어쩌면 나를 위한 것이었음을. 그 시간이 나를 살려냈음을. 그래서 고맙다. 나를 그곳에 좀 더 머물 수 있게 해준 모든 사람들에게.

어느 날, 당직의로부터 다급한 연락을 받았다. 당장 응급 수술을 해야 한다는 의사의 말. 흰 종이를 가득 채운, 이 처치로 남편을 잃어도 항의하지 않겠다는 글자들. 내 머릿속에는 그때 오로지 한 가지 생각뿐이었다. 남편을 저기 혼자 둬야 한다는 것.

대학 시절 내내 나는 돈을 벌어야 했다. 그러니 자연히 휴학이 잦았고, 일곱 살 차이가 나는 남편과도 학교에서 선후배로 마주칠 수 있었다. 마지막 학기에 등록했을 때, 나는 일주일에 이틀 정도만 학교에 가면 되었지만 나머지 요일과 시간에는 학원과 학습지 수업, 과외 등을 병행하며 바쁘게 보냈다. 내가 일이 끝나는 시간에 함께 저녁을 먹자고 그가 나를 데리러 온 적이 있었다. 그리고 그날 이후 그는 내 수업을 함께 다니기 시작했다. 과외 수업이 끝날 시간이면 아파트 단지 안 놀이터에서 간식을 사 들고 기다렸고, 어느 눈 내리던 날에는 무심코 먹고 싶다고 말한 햄버거를 품 안에 넣고 나를 기다렸다. 기다리느라

지루하지 않았냐고 하면 동네 마트에서 산 미니 약과를 깨물며, "마트 구경 좀 했지" 하고 씩 웃던 사람.

고단했던 나의 인생에 당신이 찾아와주었다는 사실이 고맙고 기쁘면서도 나는 늘 미심쩍고 부끄러운 마음이었다. 당신이 왜 나를 따라다니며 고생해야 하는지 그 이유를 알 수 없다고 생각했고, 그럴 때마다 내 부족한 형편이 창피하게 느껴졌다. 그러면서도 당신이 해맑게 웃으며 나를 기다리고 있으면 온 세상을 다 가진 것처럼 안심이 되었다. 공중에 뜬 것처럼 갈피를 잡을 수 없던 내 마음은 당신을 만나 땅에 발 디딜 수 있었다. 비로소 안전해졌다.

나는 당신에게 몇 번이나 고맙다고 말하고 싶었지만, 어떤 날은 부끄러워서, 어떤 날은 창피해서, 어떤 날은 이런 내 처지가 미워서 한 번도 제대로 고맙다고 말하지 못했다. 내가 고맙다고 하면 그 말 때문에 당신이 나에게 모든 것을 버리고 올까봐 무서웠다. 순전히 당신이 내게 오고 싶어서 오는 것이기를 바랐다. 하지만 시간이 흐를수록 그런 내 마음조차 이기적이라는 걸 깨달았다. 내가 두려워하고 부끄러워하는 동안 당신은 언제나 진심이었고, 언제나 나에게 와주었으니까.

그랬던 당신이 나를 떠나려 하고 있었다. 나는 당신 곁에 있을 수도 없었다. 서류에 서명을 다 받은 의사는 나를 밖으로 내보내려 했지만, 그때 나는 절박했다. 수술실로 옮길 여유도 없어 중환자실에서 수술해야 한다는 말이 나를 더 애타게 했다. 당장 처치하지 않으면 몇 분 안에 남편이 죽을 수도 있고, 한다고 해도 살 수 있을지 모른다는 말을 듣고서 그를 혼자 둘 수가 없었다.

"선생님 아무것도 안 할게요. 그냥 옆에서 지켜보기만 할게요. 저 사람 혼자 있잖아요."

닫히는 중환자실 문을 보며, 나는 내가 참 미웠다. '나'를 잃어버릴까 노심초사했던 내가. 결국 당신의 아픔 한 자락도 대신해 줄 수 없는데, 당신 곁에 서 있을 수조차 없는데, '나'를 지키겠다고 당신을 밀어냈던 그 순간들이.

그날 나는 평소에는 인정하기 힘든 어떤 진실과 마주했다. 당신과 나 사이에 흐르던 어떤 감정도, 갈등도, 사랑조차도 영원하지 않았다. 몇 분 후 의사가 저 문을 열고 나와 내뱉는 말로 그 모든 것이 끝나버릴 수도 있었다. 서로가 헤어짐을 입 밖에 내지 않아도 우리 관계는 당장이라도 끝나버릴 수 있었다. 그러니 내게 남은 유일한 선택지는 두려워하는 게 아니라 사랑하는 것이었다. 너무 늦은 게 아니기를, 차마 빌 수도 없는 마음이 되었다.

그날의 장면들을, 공기를, 나의 눈물을, 누워 있던 당신 모습들을 여전히 또렷하게 기억한다. 그날의 기억들은 하나도 잊히지 않고, 어떤 날에는 더 선명하게 내게 다가오기도 한다. 그리고 그날의 가장 강렬한 기억은, 나의 마음이다.

외롭게 누워 있는 당신의 모습을 보며 나는 내가 포기하지 않았어야 했는데 포기했던 것과, 포기했어야 했는데 포기하지 않았던 것들이 떠올라 무릎을 꿇고 빌고 싶었다. 사랑하는 당신에게, 나의 삶에, 우리의 시간에, 그리고 누구보다 '나' 자신에게 나는 무릎 꿇고 빌고 싶었다. 내가 잘못했다고, 나는 잘못 살아왔다고. 당신이 외롭게 누워 있던 그 시간 동안 나는 마치 무릎을 꿇듯 중환자실 앞 바닥에 주저앉았다. 나는 당신에게 좀 더 솔직해야 했다. 나는 나에게 좀 더 진실해야 했다. 우리에게 좀 더 친절해야 했다. 삶에게 좀 더 웃어줘야 했다. 그리고 알았다. 나와 가장 가까운 당신을, 나는 나를 대하듯 해왔다는 것을. 조금만 더 참으라고, 다음번에 해주겠다고, 이번만 견디라고. 그런 말을 아무렇지 않게 해왔다. 그게 너무 미안했다. 당신이 살아난다면, 나는 꼭 미안하다고 말해주고 싶었다.

✳

준중환자실

중환자실에서 한 번의 고비 끝에 뇌에 배액관 수술을 받은 남편은 전보다는 조금 덜 위험한 상태가 되었다. 남편의 상태를 처음으로 자세히 듣던 날, 주치의는 모니터를 쳐다보며 깊은 한숨을 내쉬었었다. 내 쪽으로 돌려놓은 모니터 화면에는 남편의 것으로 짐작되는 머리와 얼굴의 엑스레이 필름이 띄워져 있었다. "보시다시피 남편분의 머리와 얼굴 곳곳에 골절이 있습니다. 특히 뇌를 받치는 바닥 뼈에도 골절이 있는 상태입니다." 주치의는 무슨 말인가 더 하려는 듯 했지만, 결국 어떤 말도 선뜻 건네지 못했다. 나중에야 알았다. 그 골절된 틈 사이로 남편 몸 안에 살던 균들이 언제고 침투할 수 있었다는 걸.

남편의 상태는 시한폭탄이나 마찬가지였다. 결국 그 시한폭탄이 터지던 날 수술실로 옮기지도 못하고 중환자실에서 배액관 수술을 받았다. 머리에 관을 꽂아 염증을 밖으로 빼내야 했다. 중환자실 앞 복도에 주저앉아 있던 나를 다시 중환자실로 부른 의사는 남편 머리에 꽂힌 관 안에 꽉 찬 노란색 염증을 가리켰다. "지금 남편분의 머리 안에는 염증이 가득해요. 우선 급한 대로 이 관을 통해 염증이 밖으로 배출될 거고, 이 염증을 검사해서 적절한 항생제를 투약하겠습니다."

그렇게 배액관 수술을 받고 얼마 뒤 교수가 면담을 요청했다. 잔뜩 긴장해 있는 나에게 교수는 배액관 수술이 분명 효과를 낼 거라며, 남편이 회복해서 이후의 삶을 살아가는 데 치료의 방점을 찍고 있다고 말했다. 앞이 보이지 않고, 섬망에 시달리는 남편이 중환자실의 삭막하고 우울한 분위기를 오래 견디기 힘들 것이라는 말과 함께. 나는 교수의 설명을 들으며 기뻤다. '아, 교수님은 남편이 꼭 살아날 것이라고 생각하는구나.'

나는 남편과 나를 가여워하던 주치의의 눈빛을 떠올렸다. 언뜻언뜻 내비치는 눈빛에서 가능성이 전혀 없다는 절망을 엿보았다. 하지만 이 교수는 다르지 않은가. 남편을 살리겠다고 생각하는 사람이라니. 더구나 사고 이후의 삶을 걱정하고 있다니. 남편의 준중환자실행을 마다할 이유가 없었다.

남편은 네 명이 정원인 준중환자실에 배정되었고, 나는 준중환자실의 보호자가, 주간병인이 되었다. 중환자실에서는 말 그대로 환자의 모든 것을 병원에서 감당한다. 환자의 치료, 간호, 간병 모두를. 하지만 준중환자실부터는 아니다. 이때부터는 환자의 치료와 간호의 말단을 보호자가 담당해야 한다. 준중환자실로 남편이 옮겨온 순간, 그곳의 간호사는 말했다. "이제부터 24시간 환자분 곁에 주간병인 한 분이 계셔야 합니다."

준중환자실에서 역시 배액관을 통해 뇌척수액을 몸 밖으로 빼내고 있는 상태여서 남편의 몸을 움직이는 데 각별한 주의가 필요했다. 까딱 잘못하다가는 뇌 안에 들어간 관이 뇌를 찌를 수도 있었다. 콧줄을 통해 식사하려면 침대 머리를 65도에서 80도 사이로 올리고 뇌척수액 배액관의 레버를 잠가야 한다. 뇌척수액이 밖으로 흘러나오지 않게 하기 위해서다. 음식물이 다 주입되면 잠시 침대 머리를 그 상태로 유지했다가 다시 아래로 내린 뒤에 배액관의 레버를 열어야 한다. 일정량의 뇌척수액은 밖으로 흘러내리게 해야 하기 때문이다. 간호사는 설명했다. "이건 아주 중요해요. 뇌척수액이 너무 많이 밖으로 흐르면 뇌가 말라버릴 수 있어요. 절대 잊으시면 안 돼요."

이 말을 처음 들었을 때의 기분이 지금도 생생하다. '전문가도 아닌 나에게 이렇게 중요한 일을 맡겨도 되나?' 간호사는 조금은 난처한 얼굴로, 조금은 가엾다는 얼굴로, "저희가 수시로 확인할 테니까 너무 걱정 마세요"라고 했다. 나는 그런 말들에 얼마나 많이 의지했던가. 저희도 확인할 테니까 걱정 마세요, 저희가 보고 있으니까 괜찮아요. 불만이 없었다고 하면 거짓말이겠지. 하지만 불만보다 우선해야 할 일들이 있었다. 병원에는 언제나 나의 불만과 불안보다 시급한 일이 가득했다. 간호사는 수시로 남편의 배액관 레버를 직접 확인했다. 처음에는 레버를 만지는 일 자체로 심장이 떨리고 입이 바싹 마르던 나도 여러 번 반복하자 익숙해졌다. 그래도 레버를 떼던 마지막 순간까지 그 일이 편안하지는 않았다. 한시도 마음이 놓인 적이 없었다.

남편은 키 180센티미터, 몸무게 78킬로그램 정도로 건장한 체격이다. 그런 사람이 마음대로 움직이지 못하는 상태로 누워 있는데 시간마다 기저귀를 갈고 욕창이 생기지 않게 수시로 몸을 뒤집거나 돌려주는 일은 단지 '힘'만으로 할 수 있는 일이 아니었다. 나는 서툴렀고, 아니 아무것도 몰랐고, '해야 한다'는 감각만이 있었다.

남편은 소변줄을 달고 기저귀를 차고 있었다. 게다가 그는 모든 면에서 공개되어 있었다. 내 앞에서 옷도 안 갈아입던 사람인데, 그런 모습을 보며 내가 "당신은 공주님 같은 사람"이라고 놀렸는데, 그런 그가 불특정 다수 앞에서 자신의 의사와 상관없이 본인의 신체를 노출하고 있었다. 그게 내내 마음에 걸렸다. 나는 할 수 있는 한 수시로 이불을 덮어주었다. 간단한 처치라도 꼭 커튼을 닫았다.

사고 직후부터 대책 마련에 고심하던 회사에서는 산재 신청을 적극적으로 권유했다. 그날의 사고를 업무의 연장선으로 보기에 충분하다고 생각했기 때문이리라. 회사로부터 상황 설명을 들은 거래처 역시 두 손 두 발을 걷고 나서주었다. 회식 관련 자료를 통해 업무와의 직접 관계를 소명해주었고, 진정서도 제출해주었다. 하지만 그런 고마운 마음들이 산재 심사에 얼마나 영향을 미칠 수 있을지는 알 수 없었다. 회식이 업무의 연장이라는 인식은 여전히 미미했고, 퇴근길에 입은 상해가 산재에 해당한다는 판례는 드물었다. 그런 생각을 하면 막막했지만, 우리를 돕고 싶다는 마음들이 있어서 용기를 낼 수 있었다. 막막한 마음 때문에 산재 신청을 해보지도 않고 포기할 수는 없었다.

까다롭기로 정평이 나 있는 산재 심사가 얼마나 걸릴지 알 수 없는 상황이었고, 남편이 출근하지 못하게 된 건 물론이고 나 역시 일하던 학교에 사직서를 제출해야 했던 터라 우리는 도움이 필요했다. 나는 틈을 내서 과외라도 해보려고 했지만 언제 돌변할지 알 수 없는 남편의 불안정한 상태가 지속되는 한 꾸준히 일을 하는 건 현실적으로 거의 불가능했다. 그때 남편 회사로부터 지원에 대한 이야기가 나왔다. 다행히 손해사정사로부터 남편 회사에서 가입해두었던 상해 보험금을 지급받을 수 있다는 소식도 들었다.

그렇게 회사의 지원으로 간병인을 고용할 수 있었다. 간병인 간호가 일반화되어 있던지라 고용 절차는 어렵지 않았다. 간병인으로는 육십 대 중후반으로 보이는 남성 한 분이 배정되어 우리 병실로 왔다. 그는 나의 어설픈 상황 설명을 세심하고 침착하게 들어주었다. 남편이 아들과 또래라고 가슴 아파했다.

간병인과 함께하는 시간이 시작되었다. 남편은 하루에도 몇 번씩 상태가 변했고, 그때마다 각종 검사와 수술을 해야 했기에 보호자인 나 역시 한시도 자리를 비울 수가 없었다. 배액관 때문에라도 간병인과 보호자가 협력해야 했다. 하지만 간병인에게는 그 상황이 부담스러울 터였다. 말하자면 회사에서 상사와 나란히 앉아 일하는 꼴이었으니까. 하지만 우리의 상황을 알고 있는 간병인은 크게 불편한 내색 없이 내 존재를 받아주었다.

중환자실의 높은 벽에 가로막혀 남편이 종일 어떤 일들을 겪고 있는지 몰랐던 내게 준중환자실의 하루하루는 충격의 연속이었다. 남편은 자주 경련을 일으켰고, 혈압도 산소 포화도도 일정치 못했다. 경련이 한번 오면 뇌파 검사와 시티 촬영, 피 검사까지 전부 다시 진행해야 했고, 그걸로 원인이 발견되지 않으면 또 경련이 오지는 않을까 노심초사하며 상황을 지켜봐야 했다. 남편의 뇌척수액 안에는 염증이 생겨 있었고, 그 염증이 뇌실을 부풀려 뇌척수액이 뇌실 안에 가득 찬 상태였다. 그 물주머니가 뇌를 누르고, 그 결과 이유 없이 열이 오르거나 경련을 하거나 의식이 혼미해지는 일이 불규칙적으로 나타났다.

나는 병원에서 말하는 간호의 목적과 방향을 이해하려고 노력하는 한편, 그걸 환자에게 구현하려고 애썼다. 하지만 병원의 요구라는 게 얼마나 역설적인지. 환자가 호흡을 잘하려면 계속 말을 시켜야 하는데, 말은 시키되 환자가 안정을 취하도록 해야 한다든지, 경련이 일어나면 안 되지만, 지난번 경련 때 원인을 못 찾았기 때문에 다시 경련을 해야만 원인을 찾을 수 있다는 식이었다. 아직 치료 과정이었으니 역설적인 요구들을 이해 못 할 것도 없었지만, 그 요구사항들을 충분히 숙지해서 내가 환자에게 실제로 해줄 수 있는 일을 찾아내기란 결코 쉬운 일이 아니었다.

그럴 때 간병인이 내 곁에 있었다. 모든 게 처음이라 서툴고 두려워하는 나를, 자신의 경험을 토대로 위로해주고, 때로는 좀 더 나은 결정을 넌지시 일러주기도 했다. 누워 있는 환자의 기저귀를 가는 요령이나 억제대를 덜 아프게 묶는 방법, 콧줄에 유동식을 주입할 때 최대한 공기가 들어가지 않게 하는 기술도 모두 첫 번째 간병인에게 배웠다. 그리고 무엇보다, 곁에 '사람'이 있다는 사실이 나에게 가장 큰 위로가 되었다. 내가 힘들면 손을 보태줄 누군가가, 내가 두려워하면 누구나 다 그렇다고 말해줄 누군가가 있어서 나는 그 두려운 시간을 건널 수 있었다.

✳
나는 감히,
당신의 보호자

　최종적으로 남편은 션트 수술을 통해 뇌실 안에 가득 찬 뇌척수액을 위™로 흘려보내야만 했다. 하지만 염증으로 가득 찬 뇌에 이물질을 넣을 수는 없는 노릇이었다. 뇌실 안으로 관을 넣어 염증과 뇌척수액을 동시에 빼내면서 염증을 치료해야 했다. 문제는 이 배액관 또한 이물질이라서 오래 두면 그 자체로 감염 등의 문제를 일으킬 수 있다는 것. 병원에서는 두 주에 한 번씩 관을 옮겨가며 꽂자고 제안했다. 나는 긴 서류에 서명하고 관을 옮길 때마다 똑같은 설명을 들었다. 뇌에 출혈이 발생할 수도 있고, 그러면 남편의 상태는 지금보다 훨씬 위험해질 수 있지만 이 서류에 서명한다면 당신은 그 결과에 대해 항의하지 않겠다고 약속하는 것이라는 내용이었다.

배액관을 꽂고 수술실 밖으로 나오던 남편의 모습은 몇 번을 봐도 익숙해지지 않았다. 그의 정수리 부근에는 불룩하게 관이 꽂혀 있었고, 그 주변에는 갈색 소독약이 덕지덕지 묻어 있었다. 나는 당장 남편이 괜찮은지 확인하고 싶었지만 의사는 "관이 잘 들어갔는지 엑스레이 촬영으로 확인해야 비로소 수술이 끝나는 겁니다"라면서 서둘러 남편의 침대를 엑스레이 촬영실로 끌고 갔다.

배액관 수술을 받은 남편은 이전보다 말도 잘하고, 기억력도 좋아진 것처럼 보였다. 뇌척수액이 빠져나오니 뇌가 압박을 받지 않아서라고 했다. 하지만 시간이 지나자 뇌척수액을 배액하고 있는데도 남편의 의식은 점점 느려지기 시작했다. 말수가 줄었고, 계속 잠을 자거나 열에 들떴다. 그도 아니면 격렬한 경련이 찾아왔다.

당시 남편의 의식이란 간호사가 팔뚝 안쪽을 비틀 듯 꼬집어도 말하거나 반응하지 않는 정도였다. 간호사는 나에게 말했다. "이건 필수적으로 해야 하는 검사니까 너무 마음 아파하지 마세요." 그러면서 남편에게도 말했다. "환자분, 아프시잖아요, 말하세요, 말하셔야 해요." 하지만 그는 몸을 비틀 만큼 고통스러워하면서도 끝내 말은 하지 못했다. 그러면 간호사는 그 상태를 차트에 기록했다. 하루에 두세 번 검사하고 나면 그의 팔뚝에는 시퍼런 멍이 들었다. 어떤 날은 간호사가 그 멍을 보고, "오늘은 이렇게까지 하지 않을게요. 남편분 상태, 어제와 동일하시죠?"라고 묻기도 했다.

한번은 종일 열에 들뜬 남편이 걱정돼서 한밤중까지 집에 가지 못하고 병실을 지킨 적이 있다. 병원 앞 고시원에 살고 있던 간병인에게는 가서 쉬고 오라고 하고 내가 병실을 지켰다. 그날 밤에 전례 없이 격렬하고 강한 경련이 일어났다. 남편은 이상한 소리를 내며 몸이 경직되었고, 병동에 있던 거의 모든 간호사가 달려들어 남편을 간호했다. 한밤중이라 뇌파 검사를 진행할 수 없어 우선 증세를 달래는 게 먼저였다. 주사를 여러 대 맞아도 남편의 경련은 좀처럼 멎지 않았다.

몇 번의 주사를 놓았을까, 겨우 안정을 찾기 시작한 남편의 손을 오래 잡고 있었다. 나는 그럴 때 어떤 마음이어야 하는지 알 수 없었다. 두렵지도, 그렇다고 슬프지도 않았다. 그런 감정들도 내게서 너무 멀리 있었다. 진공상태에 있는 것처럼 어쩌면 지나치게 차분하고 가라앉은 상태가 되었다. 내가 어떤 감정도 느끼지 못한다기보다는 어떤 감정도 그 상황에 어울리지 않는다는 느낌. 나의 감정조차 갈피를 잡을 수 없는 기분. 우리는 어떡해야 할까, 정말로, 우리는 어떡해야 할까, 그런 생각뿐이었다. 그의 손을 오래 잡고 있는 것 외에는 내가 할 수 있는 게 없었다.

그렇게 남편은 나에게 가까워졌다가, 멀어지고, 다시 가까워졌다가 멀어지고는 했다. 나는 그때 남편을 얻었다가 잃었다가 했었다.

남편의 잦은 경련과 혼미한 의식은 결국 그를 억제대로 묶어야 한다는 결과로 이어졌다. 간호사는 나에게 "환자분의 안전을 위해 억제대를 사용할 수도 있다는 데 동의하십니까?"라고 물었다. 그러면서 내민 서류에는 손이나 발을 묶는 각종 도구들이 나열되어 있었다. 남편은 뇌를 받치는 뼈를 다친 상태였고, 얼굴에도 많은 골절이 있었다. 팔에는 수없이 많은 주사들이 꽂혀 있었다. 게다가 그는 기억력이 온전치 않았고, 섬망도 다 낫지 않아서 자신이 병원에 와 있다는 사실조차 인지하지 못했다. '환자분의 안전'이라는 말과 '억제대 사용'이라는 말 사이에는 철옹성처럼 단단한 논리가 있었다. 내가 저 벽을 뚫고 들어갈 수 있는 가능성은 없어 보였다. 조금 망설였지만, 곧 그 서류에 서명했다. 남편을 살려야 하니까, 라는 생각이 결심으로 이끌었다.

서류에 서명하고 돌아서는 순간 무릎이 푹 꺾였다. 내가 뭔가를 잘못한 것 같다는 생각을 지울 수가 없었다. 나는 당신의 보호자임이 분명하지만, 그래서 늘 당신의 안전과 당신의 생명을 지켜야 한다고 생각하지만, 만약 내가 당신을 괴롭히게 된다면 어쩌지. 내가 당신의 자유를 이렇게까지 침해해도 되는 걸까.

묶여 있는 그를 보는 마음이 내내 편치 않았다.

　남편은 어릴 때부터 축구를 좋아했다. 초등학교 시절 축구부에서 입었던 유니폼을 얼마나 아꼈던지. 나는 그가 운동장을 가로질러 축구하는 모습을 떠올린다. 그는 웃고 있다. 표정 변화도 별로 없고 말투도 노인네 같아서 내가 늘 할아버지라고 놀렸던 그가, 아이처럼 웃고 있다. 아, 당신은 심장이 터질 듯이 뛰어야 하는 그 일을, 그중에서도 상대의 공격을 읽어내 수비하는 일을 좋아하던 사람. 왜 수비가 좋으냐고 물으면, 골을 넣어서 한눈에 스포트라이트를 받는 것도 좋지만, 수비는 오랜 시간 공들여서 해내야 하는 일이라 더 좋다던 당신. 그런 당신과 축구를 생각할 때면 꼭 '자유'라는 단어가 떠오르곤 했다.

　팔이 묶인 채 힘없이 누워 있는 남편의 얼굴 위로 축구를 하던 그의 얼굴이 겹쳤다. 내가 당신에게서 무얼 빼앗은 건가, 나는 그 현실을 이를 악물고 견뎌야 했다. 그때마다 울 수도 없는 마음이 되었다. 그 서류에 서명을 한 건 나다. 심장이 터질 듯 달리는 일을 좋아하던 사람을 저 좁은 침대에 묶어둔 건 나다. 당신은 묶여 있고, 나는 그런 당신을 본다. 나는 감히, 당신의 보호자다.

탕비실에서

병실에서 창가 자리를 얻는 행운이란 마치 일반 객실에서 스위트룸으로 업그레이드되는 기분과 비슷하다. 그날은 남편의 준중환자실 자리가 창가로 이동한 날이었다. 우리만큼 오래 머무르는 환자는 드물어서 어차피 가장 안쪽 창가 자리로 배정될 터였지만, 그 사실도 모른 채 잠깐씩 환기를 할 기회가 주어진 것에 홀로 감격했다.

4인실인 준중환자실에는 작은 냉장고가 있지만, 그 냉장고에 반찬이 가득하지는 않다. 환자들이 잠깐 머물기도 하거니와 입으로 밥을 먹을 수 없는 상태가 대부분이니 그렇다. 대신 냉동고가 '열일'을 한다. 냉동고 안에는 언제든 꺼내 쓸 수 있는 얼음주머니가 가득하다. 준중환자실에서 환자들은 자주 열에 들떴다.

병실에도 물론 나름의 루틴이라는 게 있다. 목욕탕 사물함 정도의 캐비닛 안에 환자의 물건들을 빼곡히 정리하고, 침대 밑에는 기저귀나 휴지 박스를 높이에 맞게 잘라 일회용품들을 보관한다. 자주 쓰는 물건들은 손이 잘 닿는 곳에 꺼내놓고, 내용물이 떨어지지 않게 수시로 보충한다. 창틀에는 많은 물건을 올려놓을 수 없으니 최대한 보이지 않는 구석에 가방이나 외투를 잘 개어 올려놓는다. 그리고 구석구석을 닦았다. 특히 우리 집 거실보다도 자주 닦았던 창틀 앞 라디에이터가 떠오른다. 얇은 철판으로 된, 닦다 보면 파도처럼 너울거렸던 그 표면.

남편의 상태가 잠시 안정되거나 소강상태에 이르면 나는 문득 병원에 있다는 사실을 새삼스레 자각하고, 그 순간 어쩐지 조금은 허둥거리는 마음이 됐다. 지금까지 바쁘게 해야 할 일들을 해내다가 문득 찾아온 고요가 나를 깨운 것일까. 그러면 나는 탕비실로 갔다. 그곳에는 약간의 생활이 존재하기 때문이다. 음식물 냄새가 나고, 누군가가 남기고 간 주방 세제의 비누 거품이 아직 사그라지지 않은 곳. 정수기의 뜨거운 물 쪽 음수구에는 커피믹스 한두 방울이 튀어 있고, 전자레인지에 된장찌개를 데운 수증기가 맺혀 있는 곳. 그런 것들이 나를 안심시켜주었다. 나는 아직 반이나 남아 있는 텀블러를 개수대에 비우고 굳이 텀블러를 또 한 번 헹구고 나서 차근차근 물을 받는다. 차가운 물 반, 뜨거운 물 반. 그렇게 물을 담은 텀블러의 뚜껑을 닫고 아주 천천히, 발걸음을 세는 듯이 걸어 병실로 돌아온다.

가끔은 탕비실에서 다른 사람을 마주치기도 했다. 몸에 주사를 꽂고 있지 않은, 환자복을 입고 있지 않은, 스스로 걸어서 이곳에 왔을 누군가를. 나는 처음 보는 그 얼굴이 반갑다. 아무 말이나 걸고 싶다. 당신도 생활이 그리워서 이곳에 왔느냐고 묻고 싶다. 하지만 대부분은 서로 눈이 마주칠세라 각자 할 일을 서둘러 마치고 그곳을 떠난다.

병원을 옮겨 다니며 느끼게 된 것이지만, 대학병원의 탕비실이 내가 머물렀던 병원 세 곳 중 가장 조용했다. 그곳에서 사람들은 큰 소리로 싸우거나 먼저 음식을 데우겠다고 신경전을 벌이지 않았다. 아마도 자신이 돌보고 있는 누군가의 병증이 위중했기 때문이리라. 사람들은 그럴 때 서로 조심한다. 이왕이면 좋은 말을 나눈다. 어쩌면 그건 생에 대한 존중의 마음일 것이다. 꺼져가는 생을 조심스럽게 대하는 마음일 것이다. 하지만 요양병원이나 재활병원에서는 자주 큰 소리가 들렸다. 전자레인지를 사용하는 순서 때문에 싸웠고, 설거지를 오래 한다고 싸웠고, 뒷정리를 깨끗이 하지 않는다고 싸웠다.

나는 그때 알았다. 그건 생활의 소리라는 걸. 인간이 싸울 수 있다는 건 생활이 그만큼 가까이에 있다는 의미였다. 동시에 우리가 돌보는 환자가 목숨을 다투는 상황은 아니라는 사실의 반증이기도 했다. 그래서 그 모든 인간적인 소음이 지겨우면서도 때로는 반가웠다. 우리가 살아 있다는 걸, 우리 역시 병원 밖의 사람들처럼 '모든 것'을 욕망할 수 있는 존재라는 걸, 그 큰 목소리들이 알려주었다. 탕비실에서의 잠깐이 나를 다시 삶으로 데려와주었다.

슬픔의 쓸모

　A는 아직 젊은 나이라고 했다. 복도를 건너 사람들의 입을 타고 전해오는 이야기의 주인공은 결혼한 지 몇 년 안 된, 어린아이가 하나 있는 신혼부부였다. A는 교통사고로 전신이 마비된 상태였고 의식이 혼미했다. 그러다 겨우 의식을 찾았을 때, 어쩌면 기쁨의 환희가 찾아온 줄 알았을 그날에, 그는 사랑하는 여자를 떠나보냈다. 사람들은 쉽게 말했다. "장모가 와서 자기 딸 데려갔대. 그럴 만한 거 아니야? 시퍼렇게 젊은 딸 팔자 망치는 꼴을 두고 볼 부모가 어딨어?" 옆에 있던 사람이 말을 보탰다. "지금까지 여러 번 데려가려다 실패했는데, 며칠 전에 의식 찾자마자 기다렸다는 듯 데려갔지 뭐."

나는 화장실 가는 길에 대여섯 걸음만 더 걸으면 닿을 수 있는 그 병실 앞을 지나게 될까봐 일부러 걸음 수를 세듯이 걸으며 지냈다. 복도를 건너다보는 것만으로도 마음이 시리고 눈물이 날 것 같아서 차마 입에 올릴 수도 없었다. 그들이 어떤 사랑을 했는지, 얼마나 사랑했는지, 어디서 살았는지, 어떻게 살았는지, 그 모든 소중했던 사실들은 사라지고 오로지 '전신마비 환자'와 그를 '버리고 간 여자'만 남은 이야기를 들으며 낭만이나 사랑을 떠올리기란 쉽지 않았다. 나는 차라리 슬퍼했다. 누구를 가여워하거나 비난하기 전에 그냥 슬퍼했다. 서로가 하나였을 두 사람, 감히 영원하리라 믿었던 사랑이 산산이 부서지는 이야기를 들으며 슬퍼했다.

어느 날부터 그들이 서로의 약속을 지키고 있는지도 모른다고 생각하며 나를 위로했다. 그들은 과거의 어느 날 이런 약속을 했는지도 모른다. 누구 하나가 아프거나, 누가 먼저 세상을 떠나면 남은 한 사람은 미련 없이 아이를 키우러 가자고. 아픈 사람을 돌보다가 어느 순간 피로와 생활에 찌들어 사랑했다는 사실조차 잊은 채 괴물이 되지는 말자고. 그들은 티브이 속 어떤 다큐멘터리를 보며 그런 약속을 했는지도 모른다. 그래, 그들은 서로의 약속을 위해 살아가고 있는지 몰라, 그 생각으로 버텼다.

이혼하고 초등학생 아들을 홀로 키우던 B는 내리막길에서 사고를 당해 간신히 눈만 깜빡일 수 있었다. 호흡이 곤란해서 성대를 갈라 튜브를 꽂아두었기 때문에 말은 할 수 없었다. 중환자실에서 이미 욕창이 세 개나 생긴 채로 준중환자실로 올라온 B를 그의 누나와 엄마가 간호하고 있었다. B는 매일 울었다. 누나와 눈 신호를 약속할 때도, 엄마가 자신의 기저귀를 갈아줄 때도, 영상 통화로 아들의 얼굴을 볼 때도 울었다. B는 죽여달라고 했다. 호흡이 가능해지고 갈라졌던 성대가 서서히 아물 때, 그가 쉿소리를 내며 겨우 내뱉은 첫마디는 "나 좀 죽여줘"였다.

병원 복도는 나에게 왠지 슬픔이 묻어나는 공간이다. 의료진의 바쁜 발걸음이 쉴 새 없이 오가는데도 어딘가 허전하고 공허한 곳. 많은 사람들로 북적이지만 적막하고, 기쁨의 환희보다는 절망의 체념이 자주 나타나는 곳. 특히 병원 복도의 중압감을 견디는 일이 싫다.

슬픔을 그림으로 그린다면 병원 복도일 것이라고 생각하던 날들이었다. 사람들은 그곳에서 과거의 건강했던 자신과 이별한다. 아예 세상과 이별하는 사람들도 많다. 누구는 다리를 잃고 누구는 손을 잃고 누구는 말을 잃고 누구는 균형감각을 잃는다. 누구는 기억을 잃고 누구는 살아 있으나 삶 전체를 잃는다. 그들은 순식간에 전혀 꿈꿔본 적 없는 삶으로 곤두박질친다. 슬프지 않을 도리가 없다. 그뿐이면 좋으련만. 삶이 정말 모질다는 건 그다음에 드러난다. 그곳에서는 아프지 않고 힘들지 않을 때는 덮어둘 수 있었던 어떤 사정들이, 어떤 사연들이 낱낱이 드러난다. 불편해진 몸을 거부하는 가족들, 불편해진 몸을 미워하는 시선들, 불편해진 몸을 책임지지 않으려는 사회와 공동체가 각자 자신의 목소리를 낸다. 서로 질세라 눈치 게임에 바쁘다. 아픈 사람들은 건강했던 스스로와 이별하는 것도 모자라 때로는 가족과 때로는 사랑했던 사람들과 끝내는 이 세상과 단절된다. 이 모든 것들이 모여 거대한 슬픔을 이룬다. 버리고 간 이도, 버려진 이도, 차라리 버리고 싶다는 이도, 차라리 버려달라는 이도 모두 슬퍼하는 곳. 그래서 병원에서는 모두 작게 말하고 고개 숙여 걷는다.

슬픔은 크게 말하는 법이 없지만, 언제나 정확히 할 말을 한다. 슬픔은 깊다. 사람들은 구렁텅이에 빠진 것처럼 슬픔에 빠진다. 슬픔은 넓다. 늘 먹던 반찬에서, 늘 가던 출근길에서, 늘 입던 잠옷에서도 슬픔은 문득 고개를 든다. 슬픔은 사소하다. 잠깐 스친 향기에서, 잠깐 스친 목소리에서도 슬픔은 떠오른다. 그런데도 슬픔은 외면받는다. 오래 슬퍼하기로 마음먹는 사람을 나는 본 적이 없다. 끝내 이 슬픔을 놓치지 않을 거라고 다짐하는 말을 나는 들어본 적이 없다. 슬픔은 얼른 털고 일어나야 하는 일로 여겨진다. "이제 그만 훌훌 털고" "다 너를 위해 하는 말" 등등을 건네며 슬픔을 밀어내고 그 자리에 다른 가치들을 채우라고 종용한다. 슬픔은 미움도 받는다. 슬퍼하는 사람을 불편해하는 사람들을 보면 알 수 있다. 그들은 슬픔에 빠진 사람들을 앞에 두고 어쩔 줄 몰라 한다. 그러다 끝내는 불편해하고 만다. 슬퍼하는 사람에게는 아무 말을 해주지 않아도 된다는 걸 모른다. 알더라도 막상 슬픈 얼굴을 마주하면 다 잊고 우왕좌왕 한다.

슬픔은 단지 하나의 감정만은 아니다. 그러니 당연히 하나의 해결책으로 대응할 수 없다. 단지 용기를 북돋우거나 희망적인 계획을 세운다고 슬픔이 사라지는 건 아니다. 슬픔은 차라리 그런 것들에게서도 나타나는 얼굴이다. 내가 애써 내는 용기에 눈물이 울컥 솟는 일, 희망을 말하다가 가슴이 미어지는 일이 슬픔에 가깝다. 김이 나는 밥 한 그릇 앞에서 흐르는 눈물, 반가운 목소리에 터지는 울음이 슬픔이다. 그러니 슬픔을 대하는 일에 너무 서투른 것을 인정해야 하지 않을까. 사실은 슬픔과 제대로 인사해본 적도 없다고, 서둘러 피해 가기 바빴다고 고백해야 하는 것은 아닐지.

슬픔 안에 이렇듯 사람의 모든 경험과 감정이 녹아 있다. 모든 걸 녹여버리는 용광로처럼 슬픔은 그 많은 것들을 품는다. 때로는 그 열기가 너무 뜨거워서 가까이 갈 수조차 없지만, 슬픔은 그 모든 삶의 경험들을 녹이고 녹여 끝내 각기 다른 모양의 뭔가를 만들어낸다. 모든 걸 다 삼키고 나서야 슬픔은 멎는다. 아니, 슬픔은 기꺼이 그 모든 것들을 녹여내 삶의 이야기를 담은 뭔가를 만들어낸다. 우리 가슴속에만 사는 어떤 것, 그 실체를 다 알 수 없는 어떤 것, 기다릴 수만 있다면 슬픔은 멈추거나 사라지지 않으면서 슬픔에 잠긴 이들을 살려낸다. 아, 슬픔은 영혼을 만든다.

복도의 노을

어느 날, 뇌척수액 채취를 위해 머리와 허리에 꽂았던 관을 모두 뺐다. 남편의 상황이 호전돼서가 아니었다. 더 이상의 수술은 위험하다는 판단이었다. 이미 한두 번, 새로 꽂은 배액관에서 피가 배어나온 일이 있었다. 그 관을 본 다음날 회진 시간을 얼마나 기다렸던가. 교수는 내가 당연히 걱정하고 있으리라는 얼굴로 동시에 자신도 남편을 걱정하고 있다는 얼굴로, 별문제 없다는 걸 확인해주었지만, 확실히 뇌혈관이 약해지고 있다고 말했다. 드물게 한숨을 쉬기도 했다. 지켜보고 있으니 걱정 마시라, 하지만 다른 방법을 찾아야 한다. 나는 그런 말에 또다시 기대야 했다. 방법을 찾고 있구나, 지켜보고 있구나. 그렇게 며칠이 지나고 병원에서는 우선 관을 제거하고 뇌척수액이 스스로 흐를 수 있는지 지켜보는 것 말고는 다른 방법이 없겠다고 했다.

몸에 관을 꽂고 있지 않은 남편을 보는 게 신기했다. 남편은 언뜻 보면 신생아처럼 휠체어에 앉아 있었다. 항생제를 오래 맞아서 얼굴에 여드름도 하나 없이, 실내에만 있어서 새하얘진 남편은 하늘색 누비이불에 둘러싸여 있었다. 나는 문득 그의 얼굴에서 어떤 '기대'를 보았다.

휠체어에 앉히는 연습을 하루 이틀 한 후에, 남편을 데리고 복도에 나가기로 결심했다. 내 결심인 것처럼 말했지만, 의사와 간호사에게 그래도 되는지 몇 번이나 확인했다. 만약 남편의 몸에 다시 관을 꽂아야 한다면, 자유의 시간은 언제 다시 올지 알 수 없었다. 어쩌면 영원히 오지 않을지도 몰랐다. 거창한 계획은 필요 없었다. 그저 지금 할 수 있는 일이 있을 뿐이었다.

그해 초봄의 화창한 오후(여름에 입원했던 남편은 병원에서 새로운 해를 맞이했다), 드디어 그를 휠체어에 태웠다. 고작 열 걸음 정도의 거리를 '떠나기 위한' 준비는 꽤나 거창했다. 남편에게 옷을 단단히 입히고, 두꺼운 양말을 신겼다. 모자를 씌우고, 상하체를 담요로 덮어 방한했다. 만반의 준비를 하고도 링거를 잔뜩 꽂은 팔이 상할까봐, 오랜만에 움직이는 남편이 기립성 저혈압이라도 겪을까봐 조마조마했다. "환자분, 이게 얼마 만이에요! 밖에 나오시니까 좋죠! 아내분과 산책 잘하세요~" 병원 복도에 나서자 간호사들이 응원을 해주었다. 우리의 과정을 아는 사람들만이 해줄 수 있는 공감의 말이었다. 그 환대가 가슴 시리게 고마웠다. 그렇게 남편과 다시, 첫 산책을 했다.

그날 밤, 남편과 처음 떠났던 여행을 떠올렸다. 동해 어디쯤, 남편 동료의 결혼식에 가기 위해 겸사겸사 떠났던 여행. 당신이 몇 날 며칠을 고민해서 예약한 숙소, 1박 2일짜리 여행에 봉지가 터지도록 담았던 고기며 과자며 술과 음료수, 아직 서로에 대해 모르는 게 너무나 많았던 그때 우리가 떠올랐다. 추운 날씨 탓인지 이상하다 싶을 정도로 우리밖에 없던 실내 바비큐장에서 둘이 마주 보며 고기를 굽다 말고 갑자기 눈물이 터져 나왔던 그 순간도.

아직도 그날의 눈물은 미스터리하다. 술 한 잔 마시지 않은 우리가 왜 그렇게 펑펑 울었는지. 그날 우리는 언젠가 함께 이토록 힘든 순간을 겪게 될 것을 예감했을까.

그날 병원 복도에서 나는 울지 않았다. 울어야 한다면 동해에서의 그날처럼 남편과 마주 보며 울고 싶었다. 혼자 울고 싶지는 않았다. 대신 남편에게 무슨 말이라도 해주고 싶어서 계속 재잘거렸다. 복도 끝에 다다르자 작은 휴게 공간이 나타났고, 때마침 그곳에는 아무도 없었다. 해가 지고 있었다. 창으로 노란빛이 들어오고, 남편의 휠체어를 비췄다. 남편은 아무 말이 없었지만, 나는 노을빛을 받은 남편이 조금 웃은 것 같다고 생각했다. "남편, 해가 지고 있어. 지금 남편에게 해가 비추고 있어." 대답 없는 남편의 얼굴을 나는 몇 번 쓰다듬어주었다.

2부

*

아픈 사람들, 돌보는 사람들

✳

저희를
받아주세요 1

처음 남편의 뇌가 스스로 균형을 찾았을 때 우리는 얼마나 기뻤나. 어쩌면 죽지 않을 수도 있는 상태가 된 것이다. 수두증은 남아 있었지만, 물주머니가 더 늘어나지도 줄어들지도 않는 균형 상태를 유지하고 있어서 당장은 위험한 수술이 필요하지 않았다. 일반 병실로 옮기고, 이제 면역력이 높아지고 뇌의 염증 수치만 좀 더 낮아지면 션트 수술을 할 수 있다고, 그러면 남편이 회복되리라고 기대하는 마음은 솜사탕처럼 부풀었다. 가능하리라고, 그렇게 되리라고 믿었다. 9개월은 긴 시간이니까, 이미 충분하다고도 생각했었나. 여전히 남편은 말을 거의 못했고 기억력도 나빴지만, 이제 좋아진다고 생각하면 얼마든지 견딜 수 있었다. 하지만 우리에게 너무 많은 희망이 남아 있었나. 충분히 절망했다고 생각했지만, 아직 아니었다.

남편의 소변검사 결과에서 CRE균이 나왔다. '항생제 내성균'으로 몸 안에 살던 균 중 일부가 항생제 때문에 유난히 강하고 공격적으로 변해버린 거라고 했다. 문제는 원래 몸 안에서 살 수 있도록 적응된 균이어서 좀처럼 제거할 수가 없다는 것. 이 균이 스스로 풀이 죽어 제 모습을 찾을 때까지 뾰족한 치료법이 없었다. 남편에게는 별다른 증상이 없었다. 어쩌면 당연한 일이었다. 제 몸에 살던 균일 뿐이니까. 하지만 이 균이 다른 사람에게 옮겨가면, 상대는 항생제를 통해 치료해야 하는 다양한 질병에 노출된다고 했다. 다시 말해 남편은 격리 대상이었다.

처음에는 전혀 절망하지 않았다. 오히려 희망적이었다. CRE균은 남편에게 어떤 문제도 일으키지 않아 그 심각성을 느낄 수 없었고, '격리'라는 말이 주는 공포에 대해서는 경험한 바가 없었다. 균이 검출된 바로 그날, 1인실로 옮겨져 보다 넓은 병실에서 쾌적하게 생활하게 되자 숨통이 좀 트이는 것 같았다.

그러나 격리가 곧 해제될 줄 알았던 남편의 상태는 전혀 차도가 없었다. 한 달째 CRE균이 다량으로 검출되었고, 이제 대학병원에서는 퇴원을 권유했다. 문제는 그때부터 드러나기 시작했다. 3차 병원인 대학병원 1인실의 병실료는 급여 항목에 해당하지만, 요양병원이나 2차 병원 1인실 병실료는 전부 비급여였다.

병실료만 하루에 최소 십만 원에서 최대 백만 원대에 이르고, 언제 격리가 해제될지도 미지수였다. 남편은 살기 위해 치료를 받는 과정에서 CRE균이 나오게 된 것인데, 이제는 그 과정이 남편을 위험에 빠뜨린 것이다. 답답한 심정으로 의료진들에게 여러 번 호소했지만, 우리를 보호해줄 방법은 없었다.

이번에도 역시 지푸라기라도 잡아야 했다. 남편 회사에서 가입해둔 실비 보험이 있으니 어쩌면 치료비 일부를 돌려받을 수 있을지도 몰랐다. 일단은 입원할 병원을 알아보자며 서울 시내에 우후죽순으로 들어서고 있는 요양(재활)병원에 전화를 걸었다. 대부분의 병원에서는 CRE의 C만 듣고도 난처한 기색을 드러냈기 때문에 미팅조차 성사되기 힘들었다. 얼마나 병원 문을 두드렸을까. 드문드문 전원 소견서를 들고 방문해보라는 병원이 나타났다.

처음에 갔던 잠실의 A병원은 아파트 상가 건물에 위치해 있었다. 전체 건물 중 2, 3층을 사용하고 있었는데 한눈에 보아도 학원으로 쓰이던 공간을 개조하지 않은 채 쓰고 있다는 걸 알 수 있었다. 작은 강의실에 환자 침대만 넣어놓고 학원 안내데스크가 간호사 스테이션으로 뒤바뀐 상황. 뭐, 그런 건 괜찮을 수 있다. 하지만 위생 상태가 형편없었다. 당장 벌레가 나와도 이상할 것 없는 그곳에 감염에 취약한 남편을 입원시킬 수는 없었다.

또 다른 병원은 건대입구역 근처의 B병원으로 신축 건물 전체를 사용하는 이제 막 개원한 요양병원이었다. 시설이야 A와 비교하자면 나무랄 데 없이 좋았다. 넓고 깨끗했다. 최신 의료기기와 편안하게 설계된 공간, 조명조차도 과하지 않아 마음에 들었다. 상담을 해주신 직원분 역시 친절했고, 남편의 상황에 대해 공감하고 이해하는 입장인 것도 좋았다. 문제는 비용이었다. 남편이 격리되어야 하는 1인실의 병실료는 하루에 수십만 원을 호가했다. 결정적으로 그 비용조차도 입원이 '허가'되어야만 지불할 수 있는 것이었다. 병원에서는 우리에게도 고민해보라면서, 자신들도 내부 회의를 해보겠노라고 말했다. 그 당시 알아본 병원 대부분이 A와 B 사이의 어딘가에 있었다. 시설과 시스템이 괜찮으면 비용이 턱없이 비쌌고, 비용이 적당하면 시설이나 시스템이 형편없었다.

그날은 친오빠가 동행을 해주었는데, 오빠는 나의 근심을 이미 눈치채고 있었다. 우리는 말도 안 되게 높은 병실료와 높은 진입 장벽에 헛웃음을 지으며 한 햄버거 체인점에서 늦은 식사를 했다. 하루에 수십만 원, 한 달이면 몇백만 원, 그런 큰 단위들을 계산하던 머릿속에서 버거는 7,800원, 세트는 9,200원 같은 숫자가 맴돌았다. 어쩐지 낯선 느낌으로 햄버거 세트를 시켜 후루룩 먹어 치웠다.

요양병원을 전전하고 남편이 (아직) 입원해 있는 대학병원으로 돌아온 날, 원무과에 들렀다. 나는 그날 다녀온 병원의 상태를 설명하고, 그 병원의 병실료를 말하며 남편이 대학병원에서 좀 더 격리되는 방법은 전혀 없는지 여러 번 물었다. 하지만 무작정 조르기만 할 수도 없는 노릇이었다. 대학병원은 그 특성상 좀 더 위중한 환자들을 우선으로 치료해야 하기에 환자의 상황이 아주 조금만 나아져도 2급 병원으로 전원을 하는 게 보통이다. 남편은 대학병원에서만 9개월을 입원해 있었다. 남편의 상황이 위중하기도 했지만 담당 교수가 원무과의 지청구를 들어가며 남편의 전원을 보류하고 버텨주었기에 가능한 일이었다.

교수의 얼굴을 떠올리면 원무과에 더 떼를 써보기도 민망했다. 하루에 수십만 원짜리 병원에 가지 못하는 건 당연한 일이고, 적당한 비용에 괜찮은 시설을 갖춘 병원이 드물다는 걸, 내가 병원 밖에서 보고 들은 것들을 설명하는 수밖에 없었다. 그러니 적당한 병원을 찾을 때까지만 조금 더 기다려달라고. 정말 중요한 문제는 다른 데 있지 않냐고, 격리하는 동안 남편은 재활 훈련을 받을 수 없지 않냐고. CRE균 감염이 해제되려면 환자의 면역력이 좋아져야 하는데, 입으로 밥도 못 먹고 스스로 걷지도 못하는 사람이 무슨 수로 건강해질 수 있겠냐고. 기약도 없이 격리를 하겠냐고. 그런 말을 하며 나는 지금까지와는 또다른 난관 앞에 섰다는 걸 깨달았다.

남편의 CRE균을 진단했던 감염내과 교수는 나에게 이런 말을 했었다. "노인 환자의 경우에는 저희가 귀가를 권하기도 해요. 그만큼 CRE균은 해제가 어렵기 때문입니다." 감염내과 교수의 말이 떠오를 때마다 더 많은 병원에 연락을 돌리고 미팅을 잡았다.

어렵게 찾은 개봉동의 한 요양병원으로 전원을 결정했다. 건물 맨 꼭대기 다섯 개 1인실 중 하나에 짐을 풀었다. 5월 말, 이미 한낮의 태양은 찌는 듯한 느낌이었고, 사방이 유리로 된 병실이 뜨거운 기운에 얼마나 버틸 수 있을까 걱정이 되었지만, 다른 방법이 없었다. 덥다고 여러 차례 부탁하자 천장에 달린 에어컨에서는 선풍기의 '초미풍' 같은 옅은 바람이 겨우 흘러나오기 시작했다. 나는 A병원이나 B병원을 떠올리며 부채질을 했다. 모든 것이 만족스러울 수는 없다는 걸 나에게 여러 번 말했다. 다행이라면, 심각한 저체중 상태였던 남편은 더위를 많이 타지 않았다는 것 정도. 그 여름 내내 이불 없이는 누워 있지 못했으니까. 그렇게 우리는 여름날을 맞이했다.

건너오다

절망: 1. 바라볼 것이 없게 되어 모든 희망을 끊어버림. 또는 그런 상태.

사전에서 절망이라는 단어의 뜻을 찾아본다. 절망적이다, 라는 말에는 모든 희망이 끊어졌다는 의미가 담겨 있구나. 새삼 '희망 고문'이 얼마나 잔인한 일인지 실감한다. 사람이 절망하지 않기 위해서는 희망이라는 끈이 필요한데, 그 희망으로 하는 고문이라니. 희망을 줬다 뺏었다 한다거나 혹은 있지도 않은 희망을 있는 것처럼 꾸며내는 일이겠다. 그런데 가만히 보니 또 다른 뜻이 있다.

절망: 2. 실존 철학에서, 인간이 극한 상황에 직면하여 자기의 유한성과 허무성을 깨달았을 때의 정신 상태.

　마치 1과 2가 서로 다른 의미가 아니라 절망을 마주한 한 인간이 겪는 내면 상태를 보여주는 것 같다. 절망에는 일말의 희망이 있다. 모든 희망이 끊긴 그 상태에서만 볼 수 있는 것들, 인정할 수 있는 것들이 있기 때문이다. 인간은 좀처럼 알고 싶지 않아도 일단 무엇이든 알게 되면, 다른 상태로 건너갈 수 있다.

　요양병원에서의 5개월은 어두운 시간이었다. 그야말로 '절망'적인 나날. 모든 희망이 끊어진 상태였다. 수두증을 해결할 션트 수술도, CRE균의 해제도 모두 면역력이 높아져야 가능한 일이었지만, 격리된 사람이 건강을 회복할 수 있는 방법은 거의 없었다. 콧줄에 미숫가루처럼 생긴 영양제를 주입하는 동안 시계의 초침은 유독 느리게 흘러갔다. 안정되지 않은 남편의 뇌는 그를 열에 들뜨게 했고, 때로는 경련을 하게 했다. 배액관 수술을 하지 않아도 될 만큼은 나아졌지만, 여전히 커다란 물주머니가 남편의 뇌를 압박하고 있었다. 남편이 거쳐온 병원들은 모두 내 기억 속에서는 눈에 선하지만, 특히 격리 기간 동안 있었던 요양병원은 손에 잡힐 듯 가깝게 느껴진다. 그곳에서 우리는 아주 느리게 흐르는 시간을 견뎌야 했기 때문이리라. 하루에 한

마디도 하지 않는 남편의 손을 잡고 텅 빈 데크길에 앉아 햇볕을 쬐던 시간, 햇볕을 받은 만큼 피곤해져서 잠에 빠진 남편과 간병인을 두고 복도 앞 휴게실로 나가 책을 펼치던 시간. 그 고요한 시간들이 천천히 흘렀다.

남편과 간병인이 깜빡 잠든 시간에 나는 1층 운동 치료실 주변을 한 바퀴 돌며 사람들이 운동하는 모습을 지켜보고는 했다. 저분은 이제 제법 오래 서 계시네. 와, 저분은 걷기 시작하셨구나! 한참을 낯모르는 사람들이 운동하는 모습을 구경하다 병원 밖으로 나가 동네 한 바퀴를 걸었다. 남편에게도 뭔가 해줘야 한다고, 이대로 둘 수는 없다고 생각하면서.

나는 삼킴 기능을 회복시키는 연하치료에 도움이 되는 것들을 검색했다. 멜로디언을 부는 것. 대화를 자주 나누는 것. 내가 할 수 있는 돌봄이었다. 우선 해보자, 내가 나를 독려했다. 그때마다 감염내과 교수의 말이 떠오른 건 물론이다. "CRE균 해제는 어려운 일이라서 포기하고 집으로 가시는 경우도 많아요." 나는 고개를 저었다.

스스로도 흩어진 일상의 조각들을 조금씩 추스르기 시작했다. 거의 1년 만에 병원 복도 한쪽의 보호자 대기 공간에서 책을 펴고 앉았다. 대학병원에서는 상상도 하기 힘든 일이었다. 남편이 이만큼이나 안정되었다는 사실에 새삼 감격스러우면서 한편으로는 '격리 중'이라는 생각을 떨칠 수 없었다. 마음이 복잡해지려고 했지만, 나는 어쩔 수 없는 일에 대해서는 그만 생각하기로 했다. 지금 할 수 있는 일을 하자. 펼친 책이 잘 읽히지 않아 한 줄 두 줄 필사를 하며 읽었다. 어떤 날은 한 페이지를 읽었고, 어떤 날은 반 페이지를 읽었다.

드문드문 책을 읽어나가던 어느 날, 간병인이 장을 보러 나가 있었고, 남편은 잠들어 있었다. 여느 때처럼 나는 병실 한편의 작은 테이블 위에 책과 노트를 펴고 앉았다. 병실은 고요했고, 남편의 규칙적인 숨소리만이 그 병실을 가득 메우고 있었다. 나는 이미 내가 이전에 살던 세상에서 아주 멀리 떨어져 나온 기분이 들었다. 벌써 1년. 나를 아는 사람들이 나를 잊지는 않았을까, 그런 생각은 하지 않았다. 다정한 사람들은 언제나 나를 잊지 않고 있다는 신호를 보내주었으니까. 다만 아무도 내가 겪고 있는 이 시간을 온전히 이해할 수는 없겠구나, 싶었다.

병원 안의 우리는 쉽게 오해되었다. 우리는 말이 없었고, 다만 절박하고 바빴고, 병원 밖 사람들이 그런 사정을 헤아리기란 쉬운 일이 아니었다. 나 역시 병원 밖의 세상에서 일상을 보낼 때는 병원 안에서 어떤 일이 일어나는지 알지 못했다. 분명 병원 밖에도 치열한 삶이 있다는 걸 알고 있다. 모두가 그들 각자의 시간을 살아가고 있다. 나는 우리가 무언가와 아주 멀어지고 있다고 생각했다.

그럴 때마다 깊이 외로웠다. 원망 같은 감정은 아니었다. 누구의 잘못도 아니었으니까. 어쩔 수 없는 일이라는 걸 나 역시 알고 있었으니까. 어떤 날은 막연하게 불안했다. 나는 지금 아무도 모르는 시간을 살고 있는 게 아닐까. 삶이 어디로 어떻게 흘러갈지 한 치 앞도 예상하거나 대비할 수 없었다. 허공에 발을 디디려고 애쓰는 기분이었다. 그즈음부터 어딘가로 가야 하는데 내 다리가 따라와주지 않아서 울먹이며 헛발을 구르는 꿈을 자주 꾸었다. 대상 없는 서운함과 공허함까지 밀려드는 날에는 울고 싶었다.

나의 삶은 나의 것이지만, 동시에 나를 아는 사람들이 서로 나눠 갖는 것이기도 하다. 그들이 나눠 갖는 나를 나는 다시 만날 수 있을까. 그들의 기억 속에서 내 얼굴은 어떤 표정이었을까. 더 이상 누군가의 눈에 비친 나를 상상할 수 없었다. 그럴 만큼 나를 오래 지켜보는 이는 없었다. 나는 무명의 보호자가 되었고, 나와 가까웠던 사람들은 모두 그런 나를 알지 못한 채로 그들이 알던 나의 어떤 조각을 붙잡고 있을 뿐이었다. 나는 그때의 내가 보고 싶으면서도 동시에 두려웠다. 내가 건너온 시간만큼 나는 그들이 알던 나에게서 멀어졌다는 걸 알고 있었다. 나를 기다리고 있다는 말도, 나의 안부를 묻는 말도, 나에게는 산 너머에서 울리는 메아리처럼 멀게 느껴졌다. 내가 어떤 시간을 겪었는지 설명할 자신이 없었다. 설명하려고 생각하면 막막했다. 그런 생각들을 하다가 문득 노트에 적었다.

상희야, 나는 네가 어떤 마음으로 이 시간을 살아가고 있는지 안다. 무엇을 했는지 안다. 이 세상 누구도 그걸 모른다고 해도, 나는 안다.

그 문장을 한참 바라보았다. 다시, 다시, 나는 그 문장들을 또 적고 또 적었다. 마치 내 마음 어딘가에 새겨넣겠다는 듯. 그렇구나, 내가 알고 있었구나. 누구도 공감하지 못할 것 같아서 막막하고 두렵고, 동시에 이해받고 싶어서 외롭던 마음이 순간적으로 거의 완벽하게 해소되었다. 그렇다. 나는 알고 있었다. 내가 걸어가고 있는 이 길을, 내가 겪는 감정들을, 내가 하고 있는 일들을. 정말로, 누구에게도 설명하지 못할 그 수많은 순간을 나는 알고 있다. 내가 알고 있다.

나는 화장실로 가서 얼굴을 씻었다. 그때부터 비로소 나는 나와 함께 이 길을 걷기 시작했다. 거울 속에 비친 내 얼굴이 낯설고도 반가웠다. 다 부서져서 다시는 이어 붙이지 못할 것만 같았던 한 조각을 비로소 찾은 기분이었다. 어쩌면 그건 가장 중요한 조각이었는지도 모르겠다. 그날 찾은 나의 한 조각은 지금까지도 내 마음 가장 잘 보이는 자리에 있다. 언제나 나를 향해 '내가 알고 있어'라고 말해주면서.

✳
먹고 사는 일의
슬픔과 기쁨

"콧줄 또 뺐어요. 정말 눈 깜짝할 사이에 뺐다니까."

병실에 들어서는 나에게 간병인이 억울하다는 듯 말한다. 누워 있는 남편의 배 위에는 기다란 고무호스가 똬리를 틀고 있다. 저 긴 걸 빼느라고 애를 썼겠구나, 엉뚱한 생각이 든다.

"할 수 없죠, 뭐. 본인도 불편해서 그러는 걸 텐데요."

"그걸 누가 몰라요. 아침 굶게 생겨서 그렇지."

"그러게 말이에요. 그건 참……"

간호사실에 상황을 알렸고, 잠시 후에 의사 선생님이 올라와 다시 콧줄을 끼웠다. 하지만 그 후에 바로 식사를 할 수 있는 건 아니었다. 규정상 콧줄이 위까지 제대로 들어갔는지, 혹시 기도로 들어간 건 아닌지 엑스레이 촬영으로 확인한 뒤에야 식사를 할 수 있었다. 제법 오랜 시간이 걸렸다.

가볍게 아침을 건너뛴 남편은 한 번도 음식물을 주입한 적이 없어 투명한 고무호스를 다시 코에 달고 휠체어에 앉았다. 나의 병원 일과는 남편의 억제대를 모두 푸는 것으로 시작한다. 내가 손을 잡고 있어야 하든, 눈을 떼지 않고 지켜봐야 하든 억제대만은 풀어주고 싶기 때문이다. 간병인도 그런 내 마음을 알고 있어서 잘 때만 억제대를 하게 하고, 잠에서 깨면 억제대를 풀어주는 편이었다. 그런데 이렇게 콧줄을 빼버리면, 간병인의 볼멘소리가 나올 수밖에 없는 것이다.

나는 또 한 번 언쟁을 해야 하나 싶어 약간은 신경 쓰이는 마음으로 남편의 손을 잡는다. 대답도 없는 남편에게 "콧줄을 빼면 밥을 못 먹잖아" "불편하겠지만 또 빼지는 말아줘"라고 말해본다. 남편은 허공을 멍하니 바라보고 그러다 원무과에서 연락이 온다. 제출해야 할 서류가 있다고, 서명해야 할 서류도 있다고. 나는 곧 내려가겠다고 말한다. 설마 그사이에 무슨 일이 있겠어 생각하며. 다시 돌아와 보니 남편의 앉은 다리 위에 고무호스가 똬리를 틀고 있다. 콧줄을 또 뺀 거다. 남편에게 줄 점심을 데우느라 간병인이 잠깐 시선을 뗀 찰나였다. 우리는 서로가 안타까운 마음에 저절로 인상이 굳어졌다. 다시 의사가 와서 콧줄을 넣고, 엑스레이 촬영을 기다리고, 사진을 확인하고. 자칫하면 오늘은 점심도 굶겠구나 생각한다. 간병인이 참지 못하고 말한다. "그러니까 억제대를 해요. 마음 아파도 어쩔 수 없지. 사람이 먹어야 살 거 아니오."

나는 간병인의 말에 뭐라고 대꾸할 수가 없다. 어떤 사람에게는 내가 무책임한 보호자로 보일 수도 있는 일이다. 어차피 기억도 못하는 상태인데 억제대를 하고 잘 먹이는 게 낫지, 뭐 하러 손은 풀어주고 먹는 걸 건너뛰게 하느냐고. 나 역시 그 말이 일리가 있다고 생각하기 때문에 반박할 자신이 없다. 하지만 남편이 정말로 아무것도 기억하지 못할까? 기억하지 못한다면 묶어두어도 되는 걸까? 아주 가끔이지만 남편은 내 말에 웃는 것 같기도 하고, 내 질문에 '응, 아니' 간단한 대답도 하는 (것처럼 보이는)데. 나는 혼자 그런 생각을 하며 '제 욕심에 환자를 두 끼나 굶긴 보호자'가 된다.

남편의 사고 이후 나는 한참 흰 쌀밥을 먹지 못했다. 그는 별반찬이 없어도 새로 지은 흰 쌀밥 한 그릇을 뚝딱 비울 만큼 좋아했다. 씹으면 씹을수록 단맛이 난다고 하던 모습이 눈에 선했다. 남편이 중환자실에 입원하고 끼니를 때우러 지하 식당가에 내려갔다가 나는 식탁 위의 소복하고 하얀 쌀밥에 그만 눈물을 왈칵 쏟았다. 그 후로 웬만하면 흰 쌀밥이 나오는 음식은 피하려고 했다. 그런데 한식은 어지간해서는 공깃밥이 딸려 나온다. 그놈의 흰 쌀밥이 호시탐탐 빼꼼하고 고개를 내밀고 있었다. 그렇게 한동안 밥과 멀리 지낸 나에게 살아 있는 남편의 한 끼가 애틋하고 소중하지 않은 건 아니었다. 더구나 남편은 잘 먹고 건강해져야 하는 상황이 아닌가.

하지만. 그래도. 나는 그를 묶어두는 게 언제나 더 힘들었다. 그런 마음을 누군가에게 논리적으로 설명할 수 있을까. 누군가 그때 나의 선택이 최선이었느냐 아니냐를 따진다면 나는 애초에 두 손을 들고 기권을 선언할 수밖에 없다. 내가 할 수 있는 건 남편을 그저 내가 기억하는 '그'로 대하는 일뿐이었다. 당신이 다시 돌아오기만 하면 된다고, 그러면 모든 게 그대로일 거라고 말해주고 싶었다. 내가 먼저 남편을 '삶에서 멀어진 사람'으로 대하고 싶지 않았다. 이런 나를 보며 간병인도 주변 사람들도 못 말리겠다는 얼굴을 하고는 했지만, 그러라지. 나는 진심으로 그런 얼굴들에는 신경 쓰지 않았다. 다만 남편에게 물어보고 싶었다. 그럼 남편은 "묶지 마. 난 묶여 있는 게 싫어"라고 대답할 것 같았다. 열 번을 물으면 열한 번을 그렇게 대답할 텐데. 남편은 대답이 없고, 콧줄은 매번 빼어지고, 나는 애가 닳았다.

다시 엑스레이 촬영까지 마치고 이제는 드디어 좀 먹겠구나, 생각했을 때였다. 남편의 저녁을 식히는 중이었고, 티브이에서는 기운찬 리포터가 시골 장터에 찾아가 신명 나는 노래를 한 자락 뽑고 있었다. 나는 잠시 그 리포터의 조금은 과장된 몸짓에 피식하며 한눈을 팔았다. 그때였다. "어어어, 자기야 안 돼!!!"

남편은 그날 세 번 콧줄을 뺐다. 찰나에 빼버린다던 간병인의 말을 내 눈앞에서 증명하듯. 남편은 한밤중이 돼서야 겨우 한 끼를 넘겼다. 어두워진 복도를 나서는 내 등 뒤에 대고 간병인이 말한다. "내일은 묶을 거예요. 내일 또 굶는 건 안 돼. 이거 인력으로 안 되는 일이라니까!"

그다음 날 역시 종일 간병인의 불안 섞인 투정과 잔소리를 들어야 했지만, 나는 끝내 억제대는 묶지 않았고, 그 이후로 남편은 한동안 콧줄을 빼지 않았다. '자기도 불편하고 귀찮은 날이 있는 거겠지. 어쩌면 콧줄을 빼면 배가 고프구나, 알았을 수도 있고. 거봐. 다 느끼고 있다니까.' 나는 남몰래 웃었다.

우리의 노래

"자기, 자꾸 불지는 않고 듣기만 할래? 이걸 불어야 재활이 되는 건데, 어째 내가 재활하는 것 같네?"

병실을 채우던 멜로디언 소리가 끊기고 나의 볼멘소리가 들리면, 남편은 영문을 모르겠다는 얼굴로 이 상황을 모르는 체한다. 멜로디언 부는 줄을 입에 갖다 대면 한두 번 부는 척을 하다가 이내 내 쪽으로 떠민다. 이건 내 착각이 아니라 분명히 남편이 '떠민' 것이다. 나는 그 동작이 재미있고, 한편으로는 남편의 의식이 좋아진 것 같아서 자꾸만 멜로디언을 불라고 실랑이를 벌이는 것이다.

남편의 CRE균은 여전하고, 그는 별 이유 없이 열에 들뜨곤

한다. 나는 남편을 아무도 없는 데크길로 데려가 햇볕을 받게 하고 병실에 있을 때도 계속해서 말을 시킨다. 우선 성대 근육이 회복되고, 식도 근육이 제 기능을 해야 입으로 식사를 할 수 있다. 입으로 먹어야 면역력이 길러진다. 씹어야 뇌 운동이 된다. 그러니 남편이 입으로 먹게 되는 날을 기다릴 수밖에.

멜로디언을 내 쪽으로 끌어와 학교 종이 땡땡땡에 맞춰 건반을 누른다. 남편은 멜로디언 소리를 들으면 (내 생각이지만) 기분이 좋아지는 듯하다. 먼 곳을 보는 눈으로 가만히 멜로디언 소리에 집중한다. 나는 이때다 싶어서 남편 쪽으로 멜로디언 줄을 건넨다.

"자, 불어봐. 한 번만 불어봐. 나한테도 노래를 들려줘."

그러면 남편은 또 마지못해 멜로디언을 몇 번 불어준다. 내가 남편 손을 잡고 멜로디언의 건반을 뚱땅뚱땅 치는 것이다.

남편과 나는 가까운 지인과 친척들만 초대한 작은 결혼식을 했다. 결혼식 사회는 남편과 나의 대학 선배가 맡아주었다. 그 선배는 말솜씨가 좋고 목소리도 멋있어서 결혼식 사회를 자주 봐주곤 했는데, 그 못지않게 축가 부탁도 많이 받을 만큼 노래 실력도 좋았다. 선배는 나에게 "내가 축가도 부르기로 했는데 혹시 듣고 싶은 노래가 있어?"라고 물었고, 나는 노래를 잘하는 선배니까 "성시경의 〈너의 모든 순간〉이요!"라고 선뜻 요청했다. 선배는 약간 곤란해하며 "와…… 그 노래는 너무 어려운데. 그 노래 진짜 어려워"라고 했고, 나는 선배가 겸손하게 말한다고 생각해서 "에이, 뭐가 어려워요~ 노래도 잘하면서~ 그냥 한 번 불러줘요~"라고 했다. 결혼식 날이 돼서야 알았다. 실은 남편이 축가를 준비하고 있었다는 걸.

노래에는 영 소질이 없는 남편이 고른 축가는 동물원의 〈널 사랑하겠어〉였다. 얼굴이 새하얗게 질릴 정도로 긴장한 남편이 바짝 마른 입술로 첫 소절을 부르던 순간이 눈에 선하다. 나는 남편이 축가를 부르기 시작하자 울면서 웃기 시작했다. 남편이 노래를 너무 못하기도 했고, 너무 열심히 부르기도 했기 때문이다. 나 몰래 틈틈이 노래를 연습했을 남편을 상상하는 게 행복했다. 나는 이 순간을 오래 기억하겠구나.

결혼 후에도 우리는 가끔 누가 먼저랄 것도 없이 노래의 첫 소절을 시작하면 함께 후렴구로 달려가고는 했다. 그렇게 장단을 맞추다보면 꼭 결혼식 그날처럼, 행복했다.

남편과 다시 그 노래를 부르고 싶었다. 숨이 모자라서 두 마디 이상은 한꺼번에 연주가 어려운 멜로디언 반주지만, 우리가 다시 그 노래를 부를 수 있다면. 함께 후렴구를 나눠 부를 수 있다면. 이런 내 마음을 아는지 모르는지 당신은 자꾸만 내 쪽으로 멜로디언을 민다. 나는 마지못해 멜로디언에 숨을 불어넣고 건반을 누른다. 당신도 그 노래를 기억하고 있을까.

✳
그 얼굴을
오래 바라보았다

병원에 가면 온갖 새로운 물건을 만나게 된다. 환자를 위한 물품을 볼 기회가 거의 없었던 나는 그 신비한 기능에 놀라곤 했었다. 욕창을 방지해주는 에어 매트리스라는 게 있다. 수영장에서 쓰는 커다란 베드 튜브처럼 생긴 매트인데, 시트 아래 깔고 전원을 연결해주면 바람이 들락날락하면서 몸이 한쪽으로 오래 눌리지 않게 도와주는 기능을 한다. (물론 욕창은 에어 매트리스만으로 방지되지는 않는다.)

성인용 기저귀의 세계도 있었다. 나는 들어본 적도 없는 브랜드가 입소문을 타고 가장 인기 있는 이유를, 써보니 알 수 있었다. 부드럽고 신축성 좋은 밴드, 흡수력, 가벼움이 장점이었다.

가장 놀란 건 물에 타 먹는 점도증진제였다. 물을 젤리로 만들어주는 가루인데, 녹말처럼 색이 뿌옇게 변하거나 하지 않고 무색투명한 물 그대로의 색이면서 형태만 바뀌는 것이 신기했다.

이 가루는 오랫동안 입으로 음식을 먹지 못하던 환자가 드디어 입으로 먹기 시작할 때 쓴다. 그때 가장 먹기 힘든 음식이 바로 물이기 때문이다. 고형 음식들을 잘게 씹어서 삼키는 건 오히려 쉬운 편인데 물은 가장 나중까지 애를 먹인다. 액체는 자칫 기도로 흘러 들어갈 수 있어서 이 가루를 타 점성을 만들어 먹이는 것이다.

어느 날 아침, 주치의가 회진 시간에 "오늘 연하 테스트 한번 해보시죠" 하고 말했다. 병원에서 일하는 사람들은 어쩜 하나같이 저렇게 감격스러운 말도 별일 아니라는 듯 이야기하는지. 나는 날 듯이 병원 매점으로 달려가 플레인 요구르트를 사 왔다. 그걸로 테스트를 받아봐야 했다. 간병인과 나는 남편의 입을 가리고 있는 콧줄을 휙 돌려 행커치프처럼 남편의 환자복 주머니에 넣고, 드디어 요구르트를 한 숟가락 떠서 남편의 입에 넣어보았다. 그러곤 숨죽여 그의 입과 목젖을 바라보았다. 남편은 생경하다는 얼굴로 요구르트를 오물오물하더니 꿀꺽 삼켰다. "와아아아아아!" 간병인과 나는 하이파이브를 하고 소리를 지르고 남편의 등을 두드렸다. 연하 테스트에 통과한 남편은 이제 죽을 먹을 수 있었다.

'입으로 먹는다.' 이 짧은 문장이 현실화되기까지 자그마치 1년이 넘는 시간이 걸렸다. 사소해 보이는 그 일은 실은 우리 몸의 뇌와 세부 근육이 만들어낸 아주 정교한 과정의 결과물이라서 몸이 회복되어야만 가능한 일이었다. 드디어 잠잠해 있던 당신의 머리와 몸을 깨우는 일을 시작해야 할 기쁨과 환희의 순간이 온 것이다.

몇 번이나 주치의에게 물었다. 남편이 먹어도 되는 것과 먹으면 안 되는 것을 알려달라고. 그때마다 주치의는 말했다. "입으로 먹는 건 뭐든 드셔도 됩니다. 액체류만 흡인되지 않게 조심하시면 돼요." 저 말이 듣고 싶어서였나. "뭐든 드셔도 됩니다." 나는 어떤 날은 생선에 대해, 어떤 날은 고기에 대해, 어떤 날은 과일에 대해 물었다. 주치의는 매번 친절하게 대답해주었다. "네, 드셔도 됩니다. 다 드셔도 돼요."

냠냠, 쩝쩝, 그러다가 꿀꺽 삼키는 모습이 이렇게 경이로운 일이었나. 남편은 생선도 먹고 고기도 먹고, 내가 사 온 과일도 먹게 되었다. 여전히 물에는 마법의 가루를 타서 먹이고 있었지만, 국은 숟가락으로 국물을 떠서 조금씩 먹여보고 있었다. 그렇게 인내의 시간을 지나, 나는 남편을 휠체어에 태우고 병원 안의 매점으로 갔다. 당신과 마주 앉아 귤을 몇 개 까먹으면서 "모히토 가서 몰디브 한잔할래?"라는 유혹을 시전했다. 그건 삶의 질이 달라지는 일이었다. 남편은 여전히 알아듣지 못했지만, 아무렴 어떤가. 그는 곧 좋아질 것이다. 연하 곤란이 해결되는 것이 신호였을까. 남편은 조금씩 활력을 되찾아갔다. 엄마는 매주 죽을 가져다주었고, 간병인은 귀한 음식이라며 한 톨도 남기지 않고 그에게 먹여주었다. 나는 더 열심히 산책을 시켰고, 멜로디언을 불었고, 대화를 시도했다. 물주머니는 여전했기 때문에 극적인 변화는 기대할 수 없었지만, 우선 면역력을 높여줄 수 있다는 희망이 나를 들뜨게 했다.

생각해보면 병원에서 보호자를 가장 지치게 하는 것은 '무력감'일지 모른다. 내가 환자를 위해 할 수 있는 일이 없다는 걸 실감할 때, 보호자는 좌절한다. 내가 할 수 있는 최선이 환자를 위한 최소한의 것일 때 보호자는 깊은 절망과 상실감을 느낀다. 격리를 위한 요양병원에서의 5개월 동안 나는 그 깊은 좌절과 상실감, 절망에 맞서야 했다. 그런데 이제 남편에게 꼭 필요한 일을 해줄 수 있게 된 것이다. 그리고 어느 날 문득, CRE균이 해제되었던 것이다.

정기 검사일 뿐이었다. 그 검사 결과로 CRE균이 아직 검출되고 있다는 설명을 늘 들어왔었다. 남편이 입으로 먹게 된 기쁨 덕분일까, 나는 그즈음 'CRE균 해제'라는 명제를 때때로 잊은 채 지냈었는데, 그래서 그 소식이 더욱 갑작스러웠다. 나는 증빙 서류를 여러 번 읽으며 실감해보려 애썼다. 거기에는 정말로 "검출되지 않음"이라고 적혀 있었다. 확실히 그랬다. 실감이 나지 않았다. 그렇구나, 해제되었구나, 아, 그렇구나. 도돌이표처럼 같은 말만 반복했다. 그간의 고생치고는 너무나 싱거운 종료. 이렇게 쉬운 일이었나 싶어서 대상 없는 야속한 마음이 내 마음을 빙빙 돈다. 기쁜 일인데 나는 아직 좀 더 쾌씸히 여기고 싶다. 총 세 번의 검사를 더 진행한 끝에 최종 확진 판정을 받을 수 있었다. 비로소 남편은 재활할 수 있는 몸이 되었다.

우리가 입원해 있던 요양병원은 약간의 재활 치료도 겸하고 있었기 때문에 남편의 격리가 해제되자 곧이어 재활 치료 일정이 잡혔다. 주치의와 다시 면담을 하고, 재활의학과 선생님과도 상담을 진행했다. 남편에게 처방된 재활 치료는 성대 훈련, 기립 운동, 그리고 가벼운 근육 운동이었다. 남편은 다시 두 발로 서게 될 것이었다.

재활 치료실에 가면 긴 벽면을 따라 기립기가 마련되어 있다. 언뜻 보면 서서 공부하는 책상처럼 생겼는데, 자세히 보면 허리 부근에 두꺼운 벨트가 있어서 꼭 예전 대중 목욕탕에 있던 '덜덜이'처럼 보인다. 남편 키에 맞춰 높이를 조절하고 서면 벨트가 남편의 엉덩이를 받치게 되는데, 그 벨트에 의지해 '서 있는' 연습을 하는 것이다. 앙상한 다리에 아이들용 실내화를 신은 남편은 기립기에 의지해 서 있게 되었다.

병원에 입원한 후로 남편과 이야기하려면 늘 허리를 굽혀야 했었다. 침대에 누워 있거나 휠체어에 앉아 있는 남편은 언제나 나보다 한참 낮은 곳에 있었다. 눈높이를 맞춘다는 건 사랑하는 일의 시작인지도 모른다. 어린아이들과 이야기하려고 망설임 없이 다리를 구부려 그 작은 얼굴을 바라보지 않나. 사랑하는 이의 얼굴에 더 가까이 가려고 힘든 줄도 모르고 까치발을 하지 않나. 나도 남편과 이야기하려면 늘 허리를 굽혀야 했다. 그 사랑은 자주 시험에 들었다. 내 허리가 끊어질 듯 아팠기 때문이다. 나는 허리가 아플 때마다 내 사랑에 대해 생각했다. 그리고 어디서든 쓸 수 있는 접이식 의자를 샀을 때, 내 사랑에도 도움이 필요하다는 걸 배웠다.

이제는 내가 남편을 올려다보게 되었다. 남편과 눈을 맞추기 위해 허리를 굽힐 필요도 주저앉을 필요도 없게 되었다. 마주 보는 남편의 얼굴은 조금 낯설기까지 했다. 내 남편의 얼굴이 이렇게 생겼었나, 새로운 마음으로 그 얼굴을 오래 바라보았다. 기립기에 서서 그만하겠다고 투정도 하지 않고 이십오 분을 버티는 걸 보면 기특해서 또 오래 보았다. 내 사랑을 시험하지 않아도 되게 해주어서 고마웠다.

✳

저희를
받아주세요 2

남편에게는 좀 더 본격적인 재활이 필요했다. 그가 건강해질수록 션트 수술에 성공할 확률도 높아질 테니까. 남편은 대학병원에 입원했을 당시 한 차례 션트 수술을 받았었다. 하지만 사고 이후 낮아진 면역력과 감염이 원인이 되어 션트 주변으로 염증이 심해졌고, 결국 션트 관이 막혀버렸다. 끝내 션트를 모두 제거해야 했고, 그 여파로 한 달 이상을 고열에 시달리며 엄청난 양의 항생제를 맞아야 했다. 이후에 다시 배액관 수술을 하고, 그 수술을 도저히 더는 할 수 없다고 판단할 때쯤 뇌가 안정을 찾았던 것이다. 물주머니는 그대로지만, 더는 늘어나지 않는 상태로 말이다. 션트 수술을 다시 하기 위해서는 운동이 필요했다. 잘 먹고 열심히 운동하는 것. 남편과 내 앞에 나타난 새로운 허들이었다. 그리고 그 허들을 넘기 위해서는 우리를 받아줄 전문 재활병원을 찾아야 했다.

인기 있는 재활병원은 입원하려면 대기를 해야 할 정도였기 때문에 나는 남편이 입으로 먹기 시작했을 때부터 한두 군데 병원과 미리 입원 상담을 받았다. 내가 가고자 했던 병원은 우선 재활 치료가 다양했고, 치료사 선생님들이 환자들을 정성껏 돌봐주신다는 평이 자자했다. 직접 찾아가 치료실과 입원실을 돌아보고 온 적이 있는데, 다른 병원에 비하면 입원실도 꽤 넓은 편이어서 남편이 지내기에도 덜 부담스러울 것 같았다. 치료실도 쾌적했다. 이 병원 말고도 여러 병원을 돌며 상담을 받았다. 대부분의 재활병원은 더 많은 환자를 수용하기 위해 치료 공간이 협소했고, 입원실도 비좁았다. 특히 샤워실이 입원실에 딸려 있지 않고 공용으로 층에 하나씩만 있는 경우가 많아서 저녁이면 샤워하기 위해 복도에서 줄을 서야 하는 곳들도 있었다.

분당의 한 재활병원이 생각난다. 병원 규모도 매우 크고, 외국인을 위한 치료 시설까지 있어서 해외에서도 찾아오는 유명한 곳이었다. 나는 그 병원에도 남편의 서류를 들고 가서 상담을 받았는데, 그곳의 입원실을 보고는 걸음을 되돌렸다. 그 큰 병원에서 가장 작은 공간이 입원실이라니. 커다란 샹들리에가 있던 본관 로비와 다닥다닥 붙은 입원실의 간극이 충격으로 다가왔다. 내가 상담받은 상담실이 공용 샤워실보다도 컸다.

그런 병원을 보고 나올 때면, 복잡한 마음이 되어 내 마음대로 이런저런 상상을 하게 되었다. 병원을 알아보기 위해 상담을 오는 이는 주로 아프지 않은 보호자일 테고, 그들은 아마 대부분 로비나 상담실의 모습을 보고 병원 시설을 판단하지 않을까. 만약 간병인을 고용하고 그 비용을 대느라 하루도 쉴 수 없이 일을 해야 하는 보호자라면 입원실의 상황에 대해서 충분히 알지 못할 확률이 높다. 가령 침대와 침대 사이의 거리 5센티미터가 어떤 차이를 불러오는지 같은, 직접 병실에서 먹고 자야만 알 수 있는 것들에 대해. 쾌적하고 넓은 상담실의 모습과 친절한 응대로 병원을 판단할 확률이 높을 텐데 그렇게 병원을 결정하고 나면 보호자는 일터로 돌아가고, 환자는 로비도 상담실도 아닌 입원실에서 지내게 될 것이다. 아주 작은 화장실만 딸린, 샤워실은 복도의 공용 공간밖에는 없는 곳에서. 환자도 간병인도 불편하고 짜증스러운 시간에 놓이게 될 테지만 보호자는 영문을 알 수 없을 것이다. 그저, 아파서 그렇겠지, 병원 생활이 다 그렇지, 하며 내일의 일터로 돌아가야 할 테고.

어쩌면 나의 과장된 상상일 뿐이다. 그 병원은 여전히 환자와 보호자들에게 인기가 높은 곳이고, 입원 치료를 받으려면 몇 달씩 대기해야 하기도 했다. 내가 다 알 수 없는 그 병원만의 강점이 분명히 있을 것이다. 하지만 아직 그 강점들을 알지 못하는 나는 커다란 샹들리에는 없어도 입원실과 치료실이 널찍하고, 무엇보다 남편이 적어도 병실에서 씻고 볼일을 볼 수 있는 곳이기를 바랐다.

재활병원에서는 굳이 CRE균 감염 전력이 있는 남편을 받아줄 필요가 없는 상황이었다. 남편이 아니어도 환자는 줄을 서서 기다리고 있었으니까. 그렇다. 세상에는 정말로 아픈 사람들이 많다. 병원 밖의 삶만 알던 나 역시 세상에 이토록 아픈 사람이 많다는 걸 몰랐다. 병원 밖에는 아픈 사람이 없고, 병원 안에는 아픈 사람이 가득한, 우리가 사는 세상.

병원 안의 세상에서는 조금이라도 나은 병원에 입원하려는 물밑의 노력이 계속된다. 병원 밖이나 안이나 우리가 사는 세상은 비슷해 보이지만, 병원 안에 속해 있지 않다면 결코 그 세상을 제대로 알 수는 없다.

나는 입원 담당 부서의 직원과 여러 번 통화를 하고 서류를 보내며 설득했다. 남편에게 좋은 재활 치료가 얼마나 절실히 필요한지, 또 앞이 보이지 않게 된 상황에서 병원 환경이 남편의 정서에 미칠 영향 등도 언급했다. CRE균에 감염됐었다는 사실도, 남편이 보이지 않는다는 사실도 병원 입장에서는 달갑지 않은 조건이겠지만, 감출 수 있는 내용도 아니었다. 나는 오히려 그래서 더 당신의 병원이 우리에게 필요하다고 말했다. 나는 이

전까지 몸이 아프면 나에게 딱 맞는, 내가 필요로 하는 병원이 탁, 하고 눈앞에 나타날 줄 알았던 걸까. 매번 턱없이 높기만 한 병원의 문턱을 느낄 때면 새삼스레 허탈했다. 병원에 입원하는 일이 난관일 거라는 생각조차 해본 적이 없었으니까. 한 번도 남편을 받아주겠다는 확답을 듣지 못한 채 세 번의 CRE균 음성 판정을 받았다.

나는 그 음성 판정서가 무슨 만능키라도 되는 양, 상담을 진행하고 있던 병원에 팩스를 보냈다. 남편이 이렇게 분명하게 건강해졌다는 사실이 뿌듯한 순간이었다. 병원에서는 서류를 잘 받아보았다고, 자신들도 내부 회의를 거치겠다고 했다. 며칠을 기다려 드디어 입원 허가를 받았다. 퇴원 예정인 환자의 자리로 갈 수 있다고 했고, 그때까지는 한 달 조금 넘는 시간을 기다려야 했다.

이 병원에 입원한 후, 통화만 하던 그 직원과 직접 만나게 되었다. 처음 보는 사이인데도 그는 이미 나에 대해 많은 것을 알고 있는 것 같았다. 그와는 종종 휴게실에서 만나 안부를 나눌 수 있는 사이가 되었다. 시간이 한참 흐른 후에야 그는 말했다.

"사실, 남편분은 받지 않으려고 했었어요. 그런데 보호자분이 워낙 열성적으로 여러 번 부탁하셔서 제 마음이 흔들렸어요."

그랬구나. 실제로 어떤 마음은 다른 이의 마음에 가서 닿기도 하는구나. 내가 너무 부담을 드린 것 같아 늘 죄송한 마음이었다고 하자 그는 희미하게 웃었다.

"저라도 그렇게 할 거예요. 제 가족이 아프고, 그에게 필요한 일이라면 저라도 그렇게 사정할 거예요. 괜찮아요."

세상에서 가장
미운 하품

"일어나세요. 고개 드셔야 해요."

치료실을 가득 채우는 남편을 부르는 소리. 재활병원을 떠올리면 나는 남편을 깨우던 선생님들의 목소리가 들리는 듯하다. 이십 대 중반쯤 됐을까, 대학을 막 졸업하고 이제 2, 3년 차가 된 치료사들은 젊고 활기찼다. 자기 또래의 치료사 선생님들과 운동하고 있는 남편을 보면 꼭 친구끼리 놀이하는 것처럼 보였다. 남편이 입원했던 재활병원의 환자 대부분은 육칠십 대 남성 환자였다. 그러니 이십 대 후반의 남편은 언제나 눈에 띌 수밖에 없었다. 하지만 그런 남편이 육칠십 대 환자들보다도 더 중증의 치매를 앓는 중이었다면 믿을 수 있을까.

재활병원으로 온 뒤 남편은 주기적으로 치매 판정을 위한 검사를 받았다. 기억력과 지남력을 테스트했는데, 숫자를 셈하거나 단어를 연결하는 등 자신이 놓여 있는 상황을 제대로 인식하는지 확인하는 검사였다. 남편은 지금이 몇 년도인지, 계절은 언제인지, 방금 선생님이 부른 숫자가 뭐였는지 대답하지 못했다. 그러다가 하품을 하고는 했다. 검사 결과는 언제나 중증도의 치매였다.

남편의 하품에 대해서라면 할 말이 있다. 내가 기억하는 가장 잔인한 하품이었다. 남편의 안과 검진을 가는 날이면 나는 유독 긴장했다. 안과에서 받아야 하는 각종 검사도, 자꾸만 잠들려는 남편을 깨우는 일도, 무엇보다 그 검사 결과를 토대로 교수의 진료를 받는 일도 좀처럼 익숙해지지 않았다.

그날도 남편은 다양한 검사들을 받았다. 당시 남편은 말을 거의 하지 못했기 때문에 나는 검사하는 선생님마다 그의 상태를 설명했다. "남편이 지금 뇌수종이 있어서요. 의식이 나빠서 말을 잘 못해요." 이 말을 몇 번이나 반복하는 동안 내 기분 역시 점점 가라앉았다. 나도 그 말을 듣고 있었기 때문일까. 상대에게 남편의 상태를 설명할 때마다 나도 그 말을 귀에 박히도록 듣고 있었다. 이제는 내 심장에도 와서 박혔겠구나. 남편이 아프다는 건 알고 있지만, 그 사실을 반복해서 설명하고 집에 돌아오면 며칠을 앓았다. 그렇게 기진맥진해진 상태로 검사 결과가 나올 때까지 남편과 대기를 했다. 안과 외래의 좁은 복도에 휠체어를 세워두고 나는 뾰족한 영문도 모른 채 처참해진 기분을 느끼고 있었다. 그러다 진료실에서 남편을 부르는 소리가 들렸다.

교수는 그날따라 작정이라도 한 듯 말했다. "남편분의 시신경 손상이 심해서 회복은 요원해 보입니다. 앞으로도 앞이 안 보이실 거예요." 나는 다 알고 있다고 믿었는데, 교수가 말하는 순간 아무것도 준비되지 않았다는 걸 깨달았다. 그때였다. 남편이 늘어지게 하품을 했다. 그는 자신이 영영 앞을 보지 못하게 됐다는 사실을 귀로 들었으나 인지하지 못했다. 다행이라고 해야 할지, 불행이라고 해야 할지 모르겠는 마음이 되어 그저 남편의 휠체어 손잡이를 꽉 잡았다. 그 손잡이 말고는 내가 의지할 데가 없었다.

다시는 보지 못할 것이라는 교수의 말도 남편의 하품도 너무나 미워서 그냥 모든 걸 다 놓아버리고 싶었다. 그 말과 하품은 분명 죄가 없는데, 나는 그 둘 다가 너무나 미웠다. 교수에게든 남편에게든 나는 보이지도 않는 거냐고 외치고 싶었는데, 남편은 실제로 나를 볼 수도 없으니 쓸쓸한 웃음만 나왔다.

차라리 담담하려고 했다. 아니, 담담해야만 했으리라. 남편은 불치의 병을 앓는 게 아니었다. 건강해져서 션트 수술을 받으면 괜찮아질 거야. 그러면 적어도 저 하품은 사라지겠지. 비록 보지 못한다는 사실은 그대로겠지만, 그때는 그와 함께 그 사실을 감당할 수 있을 거야. 나는 그 순간을 필사적으로 상상했다. 우리에게 아직 오지 않은, 하지만 분명히 올 그 미래를 상상하고 또 상상했다.

재활병원의 치료사 선생님들과 면담을 할 때면 나는 빼먹지 않고 말했다. 션트 수술을 하면 좋아질 거예요. 면역력이 좋아져야 한대요. 하지만 우리가 6개월이 넘게, 8개월이 넘게 늘 같은 말을 되풀이하자 선생님들은 조금쯤 포기하는 눈치였다. 어쩌면 그냥 보호자의 바람일지도 모른다고 생각했으려나.

말을 하지 않는 남편을 위해 언어 치료도 배정되었다. 언어 치료 선생님과는 삼십 분간 이런저런 대화를 나누는 것이 가장 기본적인 치료의 방식이었는데, 치료가 끝나면 선생님은 남편의 기억력이 온전치 않아 사실 확인을 하기 위해 나에게도 질문을 하고는 했다. "어느 날은 결혼기념일이 5월이세요" 묻기도 했고(아니다, 8월이다), "아내분 생일이 3월이세요" 묻기도 했다 (아니다, 9월이다). 그러다 이런 질문도 했었다.

"신혼여행을 여러 나라로 다녀오셨다면서요?"

"네! 어머, 그건 기억하던가요?"

"(선생님도 반가운 눈치) 네네, 그 러시아랑 호주랑 브라질에 다녀오셨어요? (그런데 왠지 점점 말하면서도 안 믿는 눈치)"

"아…… 아니요. 저희는 유럽에 다녀왔어요."

"아……"

남편은 사기꾼 아닌 사기꾼이 되어가고 있었다. 러시아라니. 거긴 너무 춥잖아!

매번 틀린 답을 말하는 남편을 보며 좌절했지만 우리는 치료를 포기하지 않았다. 남편의 몸에 다시 근육을 만들고, 기립성 저혈압을 극복해내며 기립기에 서 있는 시간을 늘려가고, 매번 틀리는 신혼여행지 대신에 남편이 좋아하는 축구선수의 이름과 등 번호를 기억하게 했다. 매일 똑같아 보이는 재활의 시간 속에서 우리는 매번 달라졌다. 때론 앞이 아니라 뒤로 가는 것처럼 보이는 나날 속에서도 앞으로 나아가게 될 거라는 마음을 놓치지 않으려 노력했다.

속 모르는 사람들은 나에게 말했다. "어쩜 남편이 이렇게 순해요. 인상 찌푸리는 걸 한 번도 못 봤네." 그럴 만도 했다. 기억이 온전한 환자 대부분은 뇌경색이나 뇌출혈로 잘 움직이지 않는 자기 몸 때문에 자주 짜증을 내곤 했으니까. 밥도 안 먹겠다, 운동도 안 하겠다며 투정을 부리고 그러다가 간병하는 사람과 싸우기도 했으니까. 그런 상황에 지쳤던 다른 보호자들의 입장에서 늘 해사하고 말간 얼굴로 조용히 휠체어에 앉아 있는 남편이 부럽기도 했으리라. 하지만 남편은 자신이 안 보이게 됐다는 사실조차도 인지하지 못하고 있었으니, 나는 우리가 가야 할 길이 도통 얼마큼일지 생각하느라 부럽다는 말들에는 대답할 겨를이 없었다. 나는 남편의 상황을 설명하기를 포기했다. 너무 자주, 너무 같은 말을 반복해야 하는 피로감이 싫었다. 안과에서처럼, 때로는 그 말들이 나를 헤집기도 했으니까.

남편이 생사의 고비를 조금씩 넘기고, 재활 치료에 대한 준비를 시작할 때부터 병원에서 다른 환자나 보호자에게 가장 많이 들었던 조언은 "시간이 약이다"라는 말이었다. 하지만 나는 그런 말에 공감할 수 없다. 영화나 드라마에선 주인공이 엄청난 고난을 겪고 사라졌다가 자막으로 '3년 후'라고 뜨고 나면 전보다 훨씬 더 강하고 멋있어진 모습으로 나타난다. 사람들은 환호하고 박수를 보내지만 누구도 그 3년 동안에 대해서는 묻지 않는다. 나는 재활병원에서의 시간 덕분에 그 3년에 대해 궁금해하는 인간이 되었다. 그 3년에 대해 말하지 않는 이유에 수긍할 수 없는 사람이 되었다.

물론 이유를 안다. 그 시간을 영상으로 찍어 보여준다면 매일 똑같은 일의 반복일 것이기 때문이다. 불완전한 발음으로 자신의 이름을 계속해서 말하는 일, 못 걷는 사람이 걷기 위해 덜덜 떨면서 한 걸음을 내딛는 일, 자꾸만 실패하는 젓가락질로 콩을 옮기느라 온몸이 땀으로 젖는 일 같은 것 말이다. 어떤 날은 어제보다도 동작의 완성도가 떨어지고, 나아진다는 신호가 전혀 보이지 않는 일. 포기하고 싶어지는 일. 그러니 마치 같은 영상이 반복되는 것과 같을 그 시간은 언제나 '빨리 감기'가 되고, 우리는 '다 나은' '정상'이 된, 혹은 '더 나아진' 모습을 기다리는 것이다. 그러면서 믿는 거다. 시간은 약이구나.

하지만 저 지난하고 지독하고 고통스러운 시간을 건너 그가 어떤 모습이 되었다면, 그건 시간이 약이어서는 아닌 것이다. 단지 버텼기 때문도 아닌 것이다. 그건 그가 그 시간을 '살아냈기' 때문인 것이다. 나는 그 힘겨운 과정을 살아내고 있는 그들이 꼭 '역전의 용사' 같다고 느꼈다. 매일 아침, 휠체어를 타거나 지팡이를 짚고 지하의 운동 치료실 앞으로 모여드는 사람들은 내 눈엔 그저 아픈 사람들이 아니었다. 그들 한 명 한 명이 자기 삶의 영웅이었다.

그러니 재활을 말할 때 그 시간을 앞당겨주거나 빨리 감기 해줄 수 있는 건 아무것도 없다고, 번쩍이는 '기적' 같은 건 없이 그저 매일 좌절하는 수밖에는, 그 좌절을 딛고 다시 일어서는 수밖에는 없다고 나는 이제야 조금은 울면서 말할 수 있는 것이다. 나의 용사인 남편과 내가 겪은 시간 역시 나는 그렇게 기억하고 있는 것이다.

✳

나를 좀 봐달라고,
나를 좀 알아달라고

　아픈 사람들의 생활이란 필연적으로 단조롭지만 동시에 그 안에도 질투와 시기, 경쟁이 존재하고 만다. 운동 치료실에는 사람들이 좀 더 선호하는 치료용 베드가 있고, 좀 더 선호하는 선생님이 있다. 먹는 약, 휠체어, 하다못해 기저귀와 물티슈까지 사람들은 서로 비교하고 더 나은 걸 선택하려 한다. 이건 어찌 보면 자연스러운 결과인데, 비교는 인간의 본능과도 같고, 내가 사랑하는 사람이 아프다는 사실이 사람들을 더 절박하게 만들기 때문이다. 아마 처음에는 '저 기저귀가 살이 좀 덜 짓무른다고?' 같은 생각에서 시작됐을 미묘한 시기와 질투, 경쟁은 어느덧 본래 모습을 잃고 공기 속을 떠돈다. "우리 딸이 늘 인터넷으로 일제 기저귀를 주문하잖아. 이건 국산하고는 품질이 좀 다르더라고. 비싼 값 하는 거지." "내가 어제 그 ○○선생님을 붙잡고 한참을 부탁하고 부탁해서 도수 치료 맨 마지막 시간 따냈잖아. 다른 사람한테 뭐 하러 받아, 효과도 없는 거. 도수는 ○○선생이야. 나머지는 돈 낭비." 이럴 때, 병원 안의 삶은 병원 밖의 삶과 다를 바 없다.

"자꾸 이러시면 어떡합니까. 정말 미치겠네. 몇 번째예요, 대체! 내가 가만히 있으라고 했어요, 안 했어요!"

병실을 울리는 고함. 가끔 엉덩이나 등짝을 때리는 것 같은 찰싹찰싹 소리에 사람들은 눈을 질끈 감는다. 저 커튼을 걷고 들어가서 말릴 수도 있겠지만, 그 자체로 그들의 비밀스러운 사생활을 침해하는 것 같고, 소리치는 그 사람을 이해할 것도 같기 때문이다. 병실은 그럴 때 삶에 찌든 절규의 앞마당이 된다.

나는 병원이 얼마나 '소문'에 민감한 곳인지 잘 알고 있었다. 사소한 말 한마디로 누군가에게는 씻을 수 없는 상처를 줄 수 있다는 것도. 병원 안에서 사람들은 너 나 할 것 없이 지쳐 있으니까. 저 행동에 대해 내가 사족을 달 이유가 없다, 다 그만한 사정이 있다, 그런 말을 되뇌었던 것도 같다.

A는 육십이 넘은 여자였다. 하나뿐인 딸은 작년에 취업해서 바쁜 나날을 보내고 있었다. 평생 성실하게 택시 운전을 해온

남편이 갑자기 뇌출혈로 쓰러지자 그가 꿈꿔온 평탄한 삶은 단번에 무너졌다. 벌써 1년이나 됐다. 대학병원 중환자실에서 일반 병실을 거쳐 또 다른 재활병원에서 기한을 다 채우고 다시 이곳 재활병원으로 오기까지. 그는 하루도 쉬지 못하고 남편을 간호했다. "우리가 돈이 없는 건 아니에요. '가족 간병'이 환자한테는 무엇보다 좋으니까 제가 하느님 뜻으로 하는 거지요"라는 말을 입에 달고 살았다. 주말이면 딸이 휴일을 반납하고 병원에 왔고 그는 기다렸다는 듯 화장을 하고 병원을 나섰다. "예배를 드리러 가야지요. 주님을 만나고 와야 합니다"라는 말만 남기고서. 병원 밖의 자유로운 삶을 살다 주말에 병원에 갇히게 된 딸은 엄마와 똑같이 화를 냈다. "아빠, 아빠, 아빠! 내가 미칠 것 같아 정말! 내가 가만히 있으라고 했잖아!"

사랑하는 가족에게, 아픈 가족에게 어떻게 모질게 굴 수 있느냐고 생각할지도 모르겠다. 하지만 그 사랑하는 가족이 하루에도 몇 번씩 기저귀에 실수하고, 밥을 먹을 때마다 옷을 서너 번씩 갈아입혀야 할 만큼 음식을 흘리고, 거동이 불편해서 내 어깨와 허리가 다 망가질 정도로 애를 써야 한다면. 그러면서도 어두운 말귀로 자꾸 짜증을 내고, 하기 싫다면서 운동을 거부하고, 알 수 없는 이유로 화를 낸다면. 그 생활이 얼마나 오래 지속될지조차 알 수 없다면. 다달이 병원비는 수백만 원을 웃돌고, 그중 의료보험의 혜택은 턱없이 적다면. 매일 기도하고 매일 눈물을 흘려도 아무것도 달라지지 않는다면. 그리고 다시, 그 생활이 얼마나 오래 지속될지 알 수 없다면.

당시 남편이 입원해 있던 6인실 병실에서 간병인을 고용하지 않은 경우는 A의 가족이 유일했다. 간병인을 고용하는 일 자체가 이미 간병의 보편적인 형태였고 가족들은 경제 활동을 해야 했다. 특히 재활병원의 경우는 시간과의 싸움이었다. 치료 기간이 워낙 길고, 환자의 회복 속도와 정도는 천차만별이기 때문이다.

우리의 사정은 어땠는가 하면, 운 좋게 간병을 지원받고 있었지만 남편이 시력을 잃은 탓에 간병인들의 고충이 배는 되었다. 나는 그 고충을 덜어주기 위해서라도 병원에 가야 했다. 물론 일차적으로는 보이지 않는 남편의 정서적인 안정 때문이었지만, 간병인의 처우 문제도 나에게는 중요한 일이었다. 우리는 그 재활병원에서 1년을 넘게 있어야 했으니까. 그러니 간병인이 있어도 나는 매일 병원으로 출퇴근할 수밖에 없었다. 간병을 지원받을 수 있어서 다행이라고 생각하면서 스스로 여러 번 쓴웃음을 지었다. 뭐가 다행일까. 그러면서도 결국엔 다행이라는 생각이 늘 이겼다.

고백하자면 나는 A가 편치 않았다. 그는 틈만 나면 "가족 간병이 최고입니다. 가족 간병을 하세요"라는 말을 하며 병실의 공기를 냉랭하게 만들었다. 벌써 2년 가까이 병원으로 출퇴근하고 있는 가족 간병 당사자인 나였지만, 그가 간병의 종류로 정성과 진심을 편 가르기 하려는 모습이 싫었다. 차라리 그가 '나도 힘들다. 나도 지쳤다'라고 말했다면 어땠을까.

병원에 있는 동안 나는 돌보는 사람이 완전히 '소진'되어야만 돌봄이 완성되는 것처럼 생각하는 문화가 있다는 것에 적잖은 충격을 받았다. 심지어 그 분위기에 휩쓸려 내가 좀 더 노력해야 한다, 내가 좀 더 희생해야 한다는 압박을 느끼기도 했었다.

나는 매일 아침 나에게 말했다. 오늘 당장이라도 병원에 가고 싶지 않으면 가지 않아도 돼. 너에게 그 역할을 강요할 수 있는 사람은 아무도 없어. 지금 생각해보면 그 질문은 '희생' '헌신' '천사' '아내' 같은 이름들에 감춰진 강요의 무게에 맞서려는 마음이었나. 나는 매일 어떤 시선에, 어떤 편견에 맞서고 싶은 마음으로 지냈던 건가.

그뿐인가. 겉으로는 아무 변화가 없어 보이는 남편의 상황이 지속되자 "뭐 하러 병원에 그렇게 매일 가느냐" "네가 불안해서 가는 거 아니냐"고 말하는 이들과 마주치기도 했다. 그것은 내가 들어본 가장 잔인한 말이었다. 아니, 남편은 하루도 같은 적이 없었다. 그는 분명 살아 있었고, 매일 달라지고 있었다. 그런 말을 하는 이들은 남편이 다친 후로 마치 그의 삶이 멈춰버린 것으로 치부하려 했지만, 나는 매일 확인했다. 그가 살아 있고,

그의 삶이 계속되고 있고, 그는 지금 자기 자신으로 돌아오기 위해 노력하고 있다는 걸. 돌보는 일은 이렇듯 오해를 먹고 사는 일이었다.

시간이 흘러 남편이 퇴원했을 때, 우리를 도와줄 치료사도 의료진도, 간병인도 없이 단둘이 집에서 보내는 시간은 병원에서 보내던 시간과는 달랐다. 가슴 아프지만, 내게도 남편에게 인상을 찌푸리고 한숨을 쉬는 날이 찾아왔다. 처음에는 짜증 내는 나 자신이 미워서 더, 더 화가 났었다. 병원에서보다 더 자주, 내가 남편과 함께 이 시간을 건널 수 있을까 두렵기도 했다. 그러다 문득 지친 날, 병원에서 만났던 A가 떠올랐다.

병원에서 모두를 신경질적인 눈초리로 대하던 그를 나는 이제 안타까운 마음으로 돌아본다. 우리는 그곳에서 자신을 짓누르는 책임감과 죄책감, 삶의 무게와 두려움을 내려놓을 데가 없어 허둥거렸다. 모두가 간병인을 고용한 그 병실에서 지치고 지친 A가 외로이 보호자로 살 수 있는 길은 '가족'이라는 이름을 내거는 것뿐이었으리라. 또래의 보호자들이 한 달에 한두 번 우아한 차림새로 병원에 들러 간병인에게 가족을 부탁하고 돌아가는 모습을 지켜봤을 그의 마음을 나는 감히 헤아려본다. 가족이라는 이름만이 그를 외로움에서, 고통에서, 길고 긴 고단함에서 일으켜주는 거의 유일한 방법은 아니었을까. 그래서 그는 그렇게 큰 목소리로 가족을 외치고 가족 간병을 외쳤을 것이다. 나를 좀 봐달라고, 나를 좀 알아달라고.

A는 지금 어떻게 살아가고 있을까. 병원에서의 그 시간들이 또 다른 고통의 기억으로, 몸의 상처로 남지는 않았을까. 손목 보호대와 허리 보호대가 마치 옷처럼 익숙하던 그의 모습이 눈에 선하다. 이제야 나는 그가 아프다. 그 또한 결국 나였음을 이제야 안다. 과거의 그에게도 이 말을 해줄 수 있었다면 좋았을 것을.

✳
슬픔에서
건져 올린 것들

"엄마, 같이 저녁 먹을까?"

금요일 저녁, 일주일 치 해야 할 일을 마친 엄마와 나는 가끔 만나서 저녁을 먹었다. 남편이 병원에 입원한 지 1년이 훌쩍 넘은 무렵이었다. 내가 먼저 연락하지 않으면 엄마는 좀처럼 내게 연락하지 않았다. 그건 엄마가 어른이 된 나를 존중하는 방식이었다. 남편이 사고를 당한 후로 엄마는 어떤 말도 아끼고 또 아꼈다. 딱 한 번, 남편이 중환자실에 있을 때 나에게 물었다.

"어쩌고 싶어? 엄마는 너 하고 싶은 대로 하게 해줄래."

내가 가야 할 고단한 길을, 삶의 경험을 육십이 넘게 쌓아온 엄마가 모를 리 없었지만, 그래서 나는 선뜻 엄마에게 어떻게 하고 싶다고 말하지 못하고 있었지만, 이미 엄마는 내 그런 마음마저도 알고 있었다.

"'좋을 때나 나쁠 때나'라고 약속했어."

"그래. 절대 너를 잃지 마라."

그게 전부였다. 단 한 번도 고생스러워서 어쩌니, 불편해서 어쩌니, 시댁에서는 뭐라고 하시니, 같은 말을 묻지 않았다. 그게 엄마의 배려라는 걸 알고 있었다. 남편이 퇴원하고도 한참이 지나서야 어느 날 엄마는 나에게 말했다.

"문병을 못 가겠더라. 침대 발치에 붙여둔 환자 정보에 우리 사위 나이를 보면 억장이 무너져서 한 번, 집에 가는 나를 배웅하러 엘리베이터 앞에 나온 내 딸 손을 잡고 데려오고 싶은 걸 참느라 또 한 번 이를 악물어야 해서. 병원에만 다녀오고 나면 한 달을 앓았다."

엄마는 남편이 입으로 음식을 넘기기 시작하자 제일 먼저 장을 봤다. 각종 채소며 버섯이며 고기를 일일이 다졌다. 믹서에 갈면 영양소가 다 파괴되고 우선은 맛이 없다고 했다. 찹쌀을 넣고 푹 끓인 죽을 한 번 먹을 양씩 나눠 담았다. 일주일 치였다. 그렇게 6개월을 꼬박, 엄마는 주말마다 남편의 죽을 쒔다. 그러다 문득 어떤 날은 병원에 들러 별말 없이 나와 남편을 바라보다 갔다. 그래서였구나. 이제 알겠다는 듯 아무 말 못 하는 나에게 엄마는 "미안하다"고 말했다. 다, 전부 다 미안하다고.

어릴 때 엄마를 보며 아주 극단적인 두 가지 감정을 느꼈었다. 엄마는 홀로 있을 때는 영민하고 지혜로운 사람이었지만, 아빠나 오빠와 함께 있을 때는 전혀 다른 사람이었다. 뾰족하게 핵심을 짚어내던 사람이었는데, 그 두 사람의 고통 앞에만 서면 마치 바보가 된 것처럼 헌신했다. 젊은 나이에 교통사고를 당해 거의 죽을 뻔했던 아빠를, 그런 아빠를 간호하느라 엄마가 병원에 가 있는 사이 사고를 당해 전신 화상을 입었던 오빠를, 사십 대 초반에 디스크가 와서 꼬박 하루를 수술해야 했던 아빠를, 당뇨 판정을 받은 아빠를, 2, 3년에 한 번씩 피부 이식 수술을 해야 했던 오빠를, 엄마는 끊임없이 살려냈다. 그러기 위해 모든 걸 인내했고, 스스로를 완전히 비우고 그들을 돌보았다. 그런 엄마를 보는 게, 나는 못마땅했다. 아니, 전혀 이해하지 못했었다. 그냥 엄마가 미련하다고 생각했다. 최선을 다해 그 모든 짐을 짊어지는 게, 바보 같다고 생각했다.

남편을 간호하느라 2년이 넘는 시간을 병원에서 보내고 나니, 거짓말처럼 그때의 엄마가 나를 찾아온다. 오랜 시간을 이해할 수 없었던 엄마의 표정들을 이제야 비로소 알아보게 되었다. 엄마가 했던 그 선택이 자신이 할 수 있는 수백 수천 가지의 선택지 중에서 가장 현명한 선택이었음을, 바보 같아 보일 만큼 자신을 내려놓고 또 내려놓고 비우고 또 비우는 일이 엄마가 할 수 있는 최선이었음을, 할 수 있는 한 최선을 다해 그 짐을 지려던 이유를, 그건 인간이 할 수 있는 가장 아름다운 선택이었음을 나는 이제 안다. 그런 삶을 살아낸 엄마의 시간을 나는 이제 사랑하게 되었다.

함께 슬퍼할 용기

우리와 가장 오랜 시간을 함께했던 간병인과의 첫 만남을 기억한다. 남편의 CRE균이 나온 직후여서 당장 1인실로 이동해야 하는 상황이었다. 나는 어설픈 자세로 남편의 짐을 챙기기 시작했다. 그러던 중 간병인을 연결해주는 업체에서 전화가 왔다. "보호자분, 좀 있으면 간병사가 도착하실 거예요. 잘 맞춰가며 지내보세요." 전화를 끊고 얼마나 지났을까, 배낭을 멘 중년 남자가 병실에 들어섰다.

그가 오기까지 우여곡절이 많았다. 간병인은 보통 병원이나 환자와 연결해주는 인력 회사에 소속되어 있는 경우가 많다. 보호자는 병원에서 안내하거나 개인적으로 알게 된 업체에 연락해 환자의 현재 상태를 설명하고 원하는 간병인을 요청한다. 요즘은 인력 회사의 홈페이지나 앱이 활성화되어 있어서 간병인의 인적 사항이나 자격증 유무, 경력 등을 손쉽게 조회해볼 수 있다. 지금까지 돌봐온 환자의 보호자들이 주로 남긴 '후기'도 볼 수 있다.

내가 간병인을 구하던 시기는 앱이 활성화되기 전이라 인력 회사 담당자와의 통화를 통해 배정을 기다려야 했다. 이미 두세 차례 간병인과의 갈등이 불거진 후여서 담당자와 나는 서로 조심스러웠다. 처음 갈등을 겪었던 간병인은 간호조무사 자격증이 있는 여성이었는데, 과연 의료진의 설명과 치료 방향을 빠르게 이해하고 환자에게도 전문적인 돌봄 서비스를 해주는 분이었다. 그런데 문제는 나에게 자주 '보너스'를 요구했다는 점이다. 그것도 업체에 알리지 않고 비밀스레 거래하기를 원했다. 계약 당시 업체와 나는 간병인의 급여와 처우를 최대한 투명하게 공개하는 것으로 협의했었고 회사 담당자도 나에게 여러 번 강조했다. "간병인이 보너스나 특혜를 요구해도 보호자님께서 응하지 않으셔야 합니다. 그런 요구가 있다면 저에게 알려주셔야 해요. 저희는 정해진 급여 이외에 어떤 부정한 요구도 용납하지 않는다는 방침이 있습니다."

나는 그 이야기에 동의했다. 온종일 나와 함께인 간병인이기에 식사와 휴식 시간은 좀 더 유연하게 배려할 수 있겠지만, 그 이상의 특혜는 옳지 않다고 생각했다. 그것이 선례가 되어 다른 간병인들도 으레 계약 밖의 이야기를 요구하게 될지도 모르기 때문이다. 나는 약속대로 '보너스 요구'에는 응하지 않고, 인력 회사의 담당자에게 사실을 알렸다. 며칠 후 간병인은 또다시 나를 계단실로 불러내 '회사에 보너스 달라고 한 걸 말씀하셨느냐, 뭐 하러 일을 번거롭게 만드느냐. 그냥 성의 표시를 하면 될 텐데. 앞으로는 회사에 이야기하지 말고 자신과 개별적으로 이야기하자'며 나를 어르기 시작했다. 나는 그분의 전문성 있는 돌봄이 아쉽고 아까웠지만, 결국 간병인을 교체하기로 결정했다. 그 후에도 한두 번 더 '회사는 모르게 급여를 인상해달라'고 요구하는 간병인을 만났다.

간병인들은 보호자가 아픈 사람을 돌봐달라고 부탁하는 일이 어렵다는 사정을 잘 알 것이다. '부탁'하는 입장은 보호자이기 때문이다. 일반적으로 급여를 지급하는 쪽을 '갑'이라고 생각하기 쉽지만, 보호자의 위치란 돈을 지불하면서도 한없이 '을'이 되는 쪽. 자칫하면 그 추가 너무 기울어서 간병인이 보호자와 환자 모두를 '지배'하는 경우도 생길 수 있었다. 어떤 간병인은 남편에게 배정된 지 사흘도 안 돼 한밤중에 내게 전화를 걸어서는 '지금 부산 쪽에서 나를 스카우트하려고 연락이 왔다. 보호자님이 주시는 급여보다 일당 십만 원이 더 높은데 어쩌시겠느냐. 나도 멀리까지 가는 수고를 하지 않는 대신 오만 원만 올려주면 여기 남아 있겠다'며 거래를 하려 들었다. 나는 곧장 업체 담당자와 통화를 했고, 담당자는 바로 다음날 간병인을 교체하겠다고 했다. 그런데 그렇게 간병인이 교체되면 허망한 마음을 다잡아야 했다. 새로운 간병인이 남편의 상황에 적응하고 교감을 나누게 될 때까지는 다시 또 긴 시간이 필요했으니까. 환자를 두고 돈거래를 하려고 한 태도는 받아들일 수 없었지만, 간병인이 자주 바뀌면서 환자가 느낄 불안함을 생각하면 입맛이 썼다. 게다가 하루아침에 일자리를 잃은 간병인의 처지 또한 쓸쓸한 마음으로 되새겨야 했다.

이번 간병인은 여러 번 간병인을 교체하고 또 단기로 두세 명의 간병인을 거쳐, 한 달을 기다린 끝에 업체의 추천을 받은 분이었다. 그랬기에 내 기대가 부담스럽게 느껴지지 않도록 나는 짐짓 담담한 표정으로 그를 만났다. 간병인은 병실에 들어서자마자 우선 상황을 파악했다. 병실을 옮겨야 하느냐고 묻기에 그렇다고 했더니, 갑자기 가방을 내려놓고 복도로 나가는 것이 아닌가. 나는 '아, 이번에는 이사 간다는 말이 없었다고 업체에 항의하러 가는 것인가' 하는 마음에 벌써 실망이 일었다. 그런데 웬걸, 간병인은 휠체어를 가지고 병실에 들어와 기저귀며 물티슈, 여벌의 이불 등을 비닐에 담아 휠체어에 척척 싣는 게 아닌가. 말하자면 휠체어가 '이사 트럭'이었던 셈. 그러더니 몇 층 몇 호로 가는 거냐고 묻는다. 실망의 마음은 그 적극적인 몸짓에 반가운 마음으로 바뀌었다. 그렇게 그와의 첫날이 시작되었다.

병원에서 지낸 2년 4개월 동안 나는 주중에 병원을 지키던 간병인들과 주말에 대체 근무를 한 간병인들까지 더하면 적어도 50명이 넘는 이들을 마주했다. (간병인들은 보통 매주 쉬지 않고 격주로 쉰다. 대부분 중국인이거나 조선족인 경우가 많아 여건상 매주 '집'에 가지 않기 때문이다. 또 간병인의 경우 요양보호사 자격증이나 때로는 간호조무사 자격증을 가진 사람들은 '간병사'로 지칭하고, 그렇지 않은 경우 '간병인'으로 구별해서 부르고 있다. 하지만 현장에서는 그저 '간병인'으로 통칭하는 편이다. 간병인을 보다 존중하자는 의미에서 그들 모두를 '간병사'로 높여 부르는 경우가 더 많았다.)

내가 간병인들과 동고동락하던 당시, 중국인 간병인에 대한 인식은 좋은 편이 아니었다. 뉴스에서도 심심치 않게 간병인들, 특히 중국인 간병인들의 '행적'이 보도되곤 했다. 환자의 돈을 훔치거나 먹을 것을 빼앗고, 심지어 환자를 때리거나 괴롭히는 사례들이 흘러나왔다. 어떤 이들은 나에게 비밀스레 그런 이야기를 건네며 "네가 없으면 간병인이 환자한테 무슨 짓을 할 줄 아느냐"고 말하기도 했다. 마치 내가 간병인을 감시하기 위해서라도 병원에 매일 와야 하지 않겠느냐는 불안한 목소리. 하지만 내가 매일 마주하는 간병인들은 그저 평범한 사람들이었다.

내가 본 간병인들의 진짜 얼굴은 누군가의 아픔을 함께하러 온 사람들이었다. 그들은 아픈 사람에게만 온다. 얼마나 아프냐, 어디가 아프냐만 다를 뿐. 그들이 만나기로 한 사람은 모두 아프다. 그들은 그 아픈 사람 곁을 지킨다. 가끔은 어떻게 저만큼이나 정성을 다할 수 있을까 싶을 정도로 환자에게 온 마음을 쏟는 이를 만나기도 한다. 그럴 때 그들은 한국 사람도 중국 사람도 아닌, 낯선 사람도 가족도 아닌, 그저 아픔을 나누는 공동체가 된다. 그들은 서로를 깊이 신뢰하고 서로에게 의지한다. 아픈 이의 하루는 돌보는 이의 하루가 되고, 돌보는 이의 말소리가 아픈 이의 활력이 된다. 내가 있던 병원에서는 그렇게 아픔과 돌봄의 공동체를 이룬 이들의 모습을 쉽게 찾아볼 수 있었다. 뉴스의 보도 역시 사실일 것이다. 나도 불편한 상황들을 여러 번 겪었으니까. 하지만 그것이 전부가 아님을 나는 경험으로 알게 되었다.

돈을 주고도 갑이 되지 못하는 기분이란 어쩌면 보호자의 숙명일지도 모른다. 꼭 간병인이 나를 '을'로 대해서가 아니라 이미 내가 그런 마음이 되고 만다. 그래서 나는 차라리 그 마음을 깊이 받아들이기로 했다. 그들에게는 한없이 고마운 마음이라는 걸, 그들의 수고를 내가 주는 돈으로 '퉁'치는 게 아님을 표현하려고 했다. 나와 남편에게는 도움이 필요하다는 것도 적극적으로 알렸다. 그래서 나의 그런 상황을 다 알고도 나에게 갑질을 하려는 사람은 미련 없이 보내줄 수 있었다. 나부터 간병인과 신경전을 벌이지 않으니 마음이 편안했다. 그런 기본적인 약속이 지켜질 수 있을 때, 나도, 간병인도, 남편도 편안했음은 물론이다.

그러니 아픔과 돌봄의 공동체를 만들어가는 일이 아주 불가능하다고 믿지는 않았으면 좋겠다. 일부분을 전체로 해석하고 겁내지 않았으면 좋겠다. 우리는 언제든 서로를 이해할 수 있고, 아픔과 돌봄의 공동체를 만들 수 있다. 그리고 그런 모습들 속에서 분명히 알게 될 것이다. 돌봄은 인간의 본능이라는 것을. 우리는 몰라도 돌볼 수 있고, 배워가며 돌볼 수도 있다는 것을. 돌봄은 '함께 슬퍼할 용기'를 내는 일이며, 그 일은 사랑과 닮았다. 당신과 함께 슬퍼하겠다는 마음이 있다면 우리는 실수하더라도 실패하지는 않을 것이다. 아니, 실패조차도 다시 일어설 경험이 될 수 있을 것이다. 돌봄은 어떤 정답이 정해진 시험이 아니라 끊임없이 물으며 그때그때의 길을 찾아가는 일이기 때문이다.

조금만 더
기뻐하기로

일주일 정도 지낼 수 있는 남편의 짐을 챙겨 대학병원으로 향했다. 긴장하지 않으려고 했지만, 나는 자꾸 심호흡을 해야 했다. 이 수술로 달라질 것들이 너무나 많았다. 반대로 말하면 이수술이 잘 안되었을 때 감당할 것들이 많았다는 뜻이다. 9개월이나 입원해 있던 곳인데도, 막상 1년여 만에 다시 입원을 하니낯설었다. 처음 입원했을 때는 병실도 병원 복도도 너무 넓고커 보였는데, 다시 입원한 그곳의 복도는 아주 좁아 보였다. 병실도 더 작게 느껴졌다.

5개월 가까이 입원했던 준중환자실과 그리 멀지 않은 병실에 배정되었다. 나는 화장실을 오고 가며 준중환자실을 언뜻언뜻 바라보았다. 반가운 얼굴들도 그대로였다. 수간호사 선생님부터 병실 담당 간호사 선생님들, 주치의와 교수도 그대로였다. 한 명 한 명 찾아다니지는 못해도 우연히 마주칠 때마다 작은 목소리로 반갑게 인사했다. 나를 알아보는 사람들도 모두 반가운 얼굴로 인사해주었다.

사실 신경외과에서 션트 수술은 큰 수술에 속하지 않는다. 하지만 남편의 션트 수술은 어쩐지 조금 긴장되는 분위기였다. 한 번의 실패 때문이리라. 덕분에 수술 전 준비 과정도 좀 더 꼼꼼하게 이루어졌다. 머릿속을 들여다보기 위해 내비게이터를 설치할 위치를 잡을 때도, 수술 전 검사들을 진행할 때도 선생님들은 뭐든 한 번 더 확인하셨다.

그 모든 과정을 두 번째 반복하려니 마치 전생과 현생을 사는 기분이 되었다. 느껴본 적 없는 그 기분이란, 너무 익숙하면서도 낯선 것. 다 알 것 같으면서도 마음을 놓을 수는 없는 것. 두렵고도 설레는 것이었다. 1년여 전 이 병원에서 나는 어땠었지. 이 복도에서, 저 화장실에서, 복도 끝 휴게실에서의 나를 떠올릴 수밖에 없었다. 조금은 달라진 마음으로, 조금은 달라진 모습으로.

남편에게 션트 수술은 간절했다. 물주머니가 제거되면 남편의 뇌는 서서히 회복될 것이고 그래야만 그가 다시 말하고, 걷고, 기억하게 될 것이었다. 그건 그가 그저 '살아만 있는' 상태에서 '살아갈 수 있는' 상태로 나아감을 의미했다. 물주머니가 뇌를 계속 누른다면 뇌세포는 서서히 괴사할 것이었고 말 그대로의 '뇌사'가 진행될 수도 있었다. 늘 고민했다. 남편이 밥을 먹다가 잠들었을 때, 아무리 깨워도 일어나지 않을 때, 하루에 한마디도 하지 않을 때, 대소변을 가리지 못해 살이 짓무를까 걱정될 때. 그 모든 때에 나는, 남편의 살아만 있는 상태와 살아갈 수 있는 상태 사이에서 고민에 빠졌다. 당연히 션트 수술을 하면 되는 것 아니냐고 물을 수도 있겠지만, 그러기에는 실패에 대한 부담이 너무 컸다. 뇌 안에 염증이 또 생긴다면, 남편이 그 상황을 견디고 다시 살아날 수 있을지 확신할 수 없었다.

"제가 의사로서 이렇게밖에 말씀드리지 못하는 것이 죄송하지만, 수술 여부는 환자와 보호자께서 결정해주셔야 합니다."

교수는 면구하다고 했다. 배운 것이 아무리 많아도, 이런 상황에서는 어떤 말도 선뜻 건넬 수가 없다고 했다. 환자의 목숨을 담보로 수술을 하자고 밀어붙일 수도, 그렇다고 아직 피지도 못한 젊은 사람에게서 가능성을 포기하라고 말하기도 어렵다고 했다. 미안하다고, 그러니 스스로 결정하셔야 한다고 했다.

위험을 감수하지 않고 이대로 살아가게 둬야 한다는 마음은 내 안에 있는 삶에 대한 미련이다. 어쨌든 살아야 한다는 건가, 어떻게든 살아남아야 한다는 건가. 그러면 곧바로 지금 네 눈앞에 있는 사람이 전에 네가 알던 그 사람이 맞느냐고 다그치는 목소리가 들린다. 살려두려는 것도 네 욕심이 아니냐고 묻는다. 그가 인간다운 삶을 살아갈 수 있게 기회를 줘야 한다고 외친다. 그러면 또다시 물음이 이어진다. 그러다 죽으면? 이대로 삶에서 영영 사라져버리면? 그건 그 사람이 원하는 일이야? 어느 쪽으로도 기울지 않는 팽팽한 줄다리기.

"수술 날짜는 한 달 뒤로 정할게요. 다음 주까지 생각해보세요. 다음 주에는 보호자 혼자 오셔도 됩니다."

교수는 자신이 할 수 있는 최대한의 배려를 해주었다. 진심으로 고마웠다. 그는 미안해했고 나는 고마워했다. 어쩌면 인간 사이에 이뤄질 수 있는 가장 아름다운 감정의 교류였다. 해줄 수 있는 사람은 미안해하고 받아야 하는 사람은 고마워하는 것. 이 모든 딜레마의 괴로움에도 불구하고 나는 남편과 내가 이런 의사를 만날 수 있었다는 것에 감사했다. 그에게는 괴로워하는 사람을 그저 지켜보는 힘이 있었다.

"수술할게요. 저 사람한테 어떤 기회든 주고 싶어요. 수술하지 않겠다는 게 오히려 제 욕심 같아요."

말을 하는 내내 울었다. 9개월이 넘게 매일 나를 본 교수는 "그동안 너무 오래 안 우시더라" 하며 휴지를 건넸다. 내 괴로움은 수술을 하느냐 마느냐 때문이 아니었다. 그가, 내가 아는 한 가장 고집 세고 완고한, 하지만 가장 순전하고 착한 그가, 내가 아는 한 가장 자존심이 센 그가, 늘 스스로의 고결함으로 사랑에 보답하고자 했던 그가 어떤 삶을 살고 싶을까에 대한 고민이었다. 내가 기억하는 그이라면 절대 이 수술을 주저하지 않았을 거야. 내가 기억하는 그이라면 하루라도 '자기 스스로의 모습'으로 살아가고 싶었을 거야. 그런 생각이 들자 수술을 미루고 그저 '살아만 있는' 그의 모습을 유지하려는 게 내 욕심처럼 느껴졌다. 그는 기억하지 못할 테지만 나는 매일 물었다. 수술하고 싶냐고. 그는 기억하지도 못할 거면서 매번 대답했다. "응."

아침 일찍 수술실에 들어갔는데도 남편은 한낮이 지나서야 회복실로 옮겨졌다. 조금이라도 더 나은 위치에 션트를 넣으려는 의사 선생님의 배려로 내과와 협진을 하고, 내시경으로 위 안을 들여다보며 수술을 진행하느라 예상보다 늦어진 것이었다. 이를 모르는 나와 가족들은 수술실 앞 대기 의자에 앉지도 못하고 기다렸다. 전광판에는 남편의 이름 옆에 적힌 '수술 중'이라는 글자만 또렷했다. 그 짧은 단어를 보고 또 보고, 보고 또 보던 시간. 남편이 회복실로 가기도 전에 교수가 수술실 밖으로 나와서 나를 찾았다. 시간이 오래 걸린 사정을 설명해주기 위해서였다. 그 잠깐의 배려가 얼마나 고마웠는지 모른다. "수술 잘 됐습니다"는 그 한마디가.

남편의 수술이 잘되었다는 건 그가 마취에서 깨어난 직후에 알 수 있었다. 남편이 눈을 뜨더니 "나 화장실 좀"이라고 말한 것이다. 그 말을 듣기까지 꼬박 2년이라는 시간이 흘렀다. 나는 남편에게 지금은 머리에 수술을 해서 움직일 수 없으니까 일단 소변 통을 이용해보라고 하고 자리를 비켰다. 이제 당신은 소변 통을 이용하고 있는 자신과 내가 한 공간에 있는 걸 싫어할 테지. 그런 사람이었지. 수술 후에는 보통 마취 가스나 상처 때문에 발열이 있다. 하지만 남편의 체온은 37도를 넘지 않았고 5일 만에 재활병원으로 전원할 수 있었다. 남편이, 돌아왔다.

전생과 현생을 거쳐 남편이 다시 돌아온 그날, 나는 꼭 내가 다시 태어난 것처럼 들뜨고 기뻤다. 그는 다시 걷게 될 것이다. 그는 기억하게 될 것이고, 말하게 될 것이다. 그 사실에 얼마나 가슴이 벅찼던가. 이제 걱정 없다고, 스스로 수도 없이 말해주었다. 하지만 남편의 '회복'이 나에게 '현실'이 될 때까지 나는 계속 두려웠다. 열이 나지 않는 당신, 말을 하는 당신, 화장실에 가겠다는 당신이 다시 내 앞에서 사라질까봐 너무나 두렵고 무서웠다. 당신이 다시 예전으로 돌아갈까봐, 우리에게 어떤 미래도 보이지 않는 현실만이 가득하던 그때로 돌아갈까봐 두려웠다. 자다가도 갑자기 심장이 쿵 하고 내려앉는 느낌이 들었다. 쿵 떨어지는 심장에 잠이 깬 새벽이면 서둘러 준비하고 병원으로 향했다. 남편과 간병인은 곤히 자고 있었다. 그 모습을 보고 발소리가 들리지 않게 조심하며 돌아 나오면 한결 편안해졌다.

그 이후의 세상에는 '보이지 않는 남편'이 있었다. 남편은 자신이 보이지 않게 됐다는 사실을 이제 막 알게 되었다. 그가 겪어야 할 시간은 이제부터 시작이었다. 나는 그의 하품이 사라지면 모든 것이 괜찮아질 거라고 상상했었다. 우리는 함께 이 현실을 살아갈 거라고 확신했었다. 그러나 나의 기쁨과 환희는 그와 공유할 수 있는 것이 아니었음을 한참이 지나서야 깨달았다. 그는 어떤 순간들을 겪게 될까. 남편 앞에 놓일 현실의 벽은 얼마나 높을까. 그건 지금껏 우리가 넘은 그 어떤 장벽보다도 높았다. 나는 이제 전혀 새로운 세상에 착지할 참이었다. 그래도 나는, 당신이 내 곁으로 돌아왔다는 사실에 조금만 더 기뻐하기로 한다.

상처를 기억하는 일

남편은 션트 수술에 성공하고 하루하루 자기 자신을 되찾아 가고 있었다. 그리고 그가 마주할 '자신'이란 이제 더는 앞을 보지 못하는 자신이었다. 어느 날 새벽에 남편은 나에게 전화를 걸어왔다. 수술 후에 의식이 좋아진 남편을 위해 핸드폰과 이어폰을 사주었는데, 말로 하는 작동법을 익혀서 나에게 전화를 건 것이었다. 이렇게 빨리 회복되고 있으니, 자신의 상태를 더는 모를 수 없었으리라.

"아내야, 내가 이제 정말 안 보이나보다."

처음에는 환영 같은 것이 보이는 거겠지, 생각했다고 한다. 갑자기 어두운 방에 불을 켰을 때처럼 '팟' 하고 빛이 들어오는 느낌이었다고. 그런데 이상했다고. 그 한순간 이후로 세상은 깜깜하고, 갑자기 눈앞에 어린 시절에 봤던 만화 캐릭터들이 오가는가 하면, 불특정한 영상들이 쉴 새 없이 지나갔다고 했다. 그래서 혹시 어딘가에 납치되어 생체 실험이라도 당하는 건가, 싶었다고.

남편은 사고 후의 일을 전혀 기억하지 못하는 상태였다. 나아가 사고 직전의 2년에 가까운 시간 역시 그에게서 희미해져 있었다. 그러니 그가 어딘가에 납치되었다고 생각한 것도 무리는 아니었다. 그렇게 그는 삶으로 다시 돌아왔다. 그가 원하는 일이었을까, 나는 묻지도 못하고, 그저 또다시 그의 곁을 지키는 것밖에는 할 수 있는 일이 없었다.

남편은 사고로 시력을 잃었다. 시선을 잃었다. 그가 나를 바라보는 시선, 우리가 말없이 눈을 마주칠 때 둘만 알던 그 시선이 사라졌다. 귀찮은 상사에 대해 얘기할 때의 짜증스러운 눈빛도, 나에게 고마울 때의 부드러운 눈빛도, 여러 사람 속에서 '우리 좀 이따 나가자' 비밀스레 속삭이던 눈빛도 사라졌다. 그는 나를 보기 위해 소리 나는 쪽으로 연신 고개를 돌리지만 아무리 노력해도 그와 나의 눈이 정확히 마주치는 순간은 없다. 어쩌면 그건 당연하다. 그는 나를 보지 못하니까. '보지 못한다'는 상태를 좀처럼 상상하기 어려웠는데 남편의 눈을 한참 들여다보고 있으면 그 말의 의미를 아주 조금은 느낄 수 있다. 그는 나를 보지 못한다.

어릴 때 사진을 보면 친오빠는 한여름에도 긴소매에 긴바지를 입고 있는 경우가 많았다. 수영장에 함께 가면 사람들은 오빠의 화상 입은 다리를 빤히 쳐다보고는 했다. 오빠는 샤워실에서 자기보다 어린 꼬마가 다리가 왜 그러냐고 물어보았다는 말을 들려주고는 했다. 어릴 때의 오빠는 그런 일로 힘들어했고, 조금 자라서는 의연해지려고 했고, 어른이 되어서는 꼬마에게 설명을 해주게 되었다. "응, 형이 어렸을 때 좀 다쳐서 그래." "많이 아파요?" "아니, 이제는 안 아파." 오빠는 어느 때부턴가 여름에 반바지를 입기 시작했다.

오빠는 자주 흉터 근처를 긁었다. 화상 흉터는 주변의 피부를 당기며 오그라들기 때문에 오빠는 자주 힘들어했다. 그런 가려움은 보습 로션으로도, 마사지로도 잘 해결되지 않는 것이었다. 장마철처럼 내내 습한 때는 오빠가 유독 간지러워했고 잠을 거의 자지 못할 만큼 괴로워했다. 나는 그런 오빠 곁에서 자랐다.

내가 중학교 3학년, 오빠가 고등학교 2학년 때, 오빠는 마지막으로 피부 이식 수술을 받았다. 복부 피부를 다리에 이식하는 수술이었다. 나는 처음으로 수술 전날 하룻밤을 오빠와 둘이 병원에서 보냈다. 부모님은 말렸지만, 내가 우겼다. 오빠에게 뭐라도 도움이 되고 싶었다. 하지만 병원에 익숙하지 않은 나는 내

내 오빠의 짐만 되었다. 오빠는 자기가 보호자 침대에서 잘 테니 나더러 환자 침대에서 자라고 우겼고, 나는 결국 환자 침대에서 밤새 편안히 자버렸다. 오빠의 상처를 통해 나는 누군가의 상처를 빤히 바라보는 일 같은 건 하지 않는 사람으로 자랐다.

남편이 보이지 않게 되자 나는 다시 상처를 가진 사람 곁에 서게 되었다. 자연히 타인의 시선에 노출되는 일이 많아졌다. 내 어깨를 잡고 좁은 길을 통과하는 남편을, 식당에서 내가 설명하는 음식의 위치를 듣고 있는 남편을, 낯선 곳에 갈 때면 혼자 화장실에 갈 수 없으니 장애인 화장실로 내가 인도해주는 상황을, 사람들은 자주 쳐다보고 관찰한다. 아파트 엘리베이터에서 만난 어린이들은 어딘가 어색한 남편의 시선 처리 때문인지 그를 빤히 쳐다보느라 내리는 타이밍을 놓치곤 한다. 남편은 나에게 묻는다. "내가 안 보이는 사람이라는 게 티가 나?" 그 말투에는 안 보이는 사람이라는 걸 티 내지 않으려고 최선을 다했는데 왜 티가 나는 걸까, 하는 의문과 아쉬움이 가득하다. 나는 보이는 사람과 보이지 않는 사람의 미묘한 차이를 설명한다. 그럴 때마다 남편은 얼마나 쓸쓸한 얼굴인지. 그 얼굴을 어디선가 본 적이 있다는 걸 깨닫는다. 내가 어릴 때 봤던 오빠의 얼굴이다. 자신의 상처를 받아들이는 이의 얼굴.

사람들은 상처를 감추고 싶어한다. 적어도 자신이 원하는 때에 원하는 상대에게만 드러내고 싶어한다. 불특정한 상대에게 아무 때나 자신의 상처가 노출되는 일을 원하는 사람은 없을 것이다. 누군가가 감추고 싶어하는 상처에도 우리는 예민해질 수 있을까. 그가 드러내고 싶어하지 않는 어떤 것들을 우리는 열심히 모른 척해줄 수 있을까. 그리고 어떤 상처에 대해서라면, 그러니까 오빠의 흉터나 남편의 시선처럼 도저히 모를 수 없는 상처에 대해서라면 차라리 적극적으로 그 상처를 수용할 수 있을까. 오빠에게 많이 아프냐고 물었다던 그 꼬마처럼. 타인의 상처에 온 마음을 열 수 있을까. 그런 마음이라면 소리 내어 묻지 않아도 상대에게 전해질 텐데.

선물

그가 나에게 고백했던 날은 첫 추위가 시작되던 늦가을이었다. 차도 몇 번, 밥은 여러 번, 학교 농구장 위 등나무 벤치에서 수다도 한두 번. 우리는 우연을 가장한 기회를 만들어 자연스럽게, 그리고 별일 아니라는 듯 만났다. 꽃피던 봄의 교정에서, 뜨거운 여름날 홍대 앞 어느 찻집에서, 세미나 다음날은 학교 앞 콩나물 해장국 집에서. 때론 여럿 사이에서 때론 단둘이서.

나를 집에 바래다주었던 어느 11월, 그는 수줍게 작은 상자를 내밀었다. 열어본 상자 안에는 종류별 빼빼로와 토끼 인형, 토끼 그림이 그려진 자그마한 카드가 들어 있었다. 아기자기하고 귀여운 선물이어서 한참을 들여다보았다. 카드에는 내가 좋아하는 또박또박한 그의 글씨가 빼곡했다. 나를 떠올리며 선물을 골랐는데 곰돌이와 토끼 사이에서 한참을 고민했다던 그 소소한 이야기들이 내 맘을 가득 채웠던 그 밤. "곰돌이는 좀 실례였겠죠"라던 당신만의 유머. "제 맘을 전하지만 부디 부담 갖지는 마세요"라는 극존칭의 마지막 멘트를 과연 고백으로 봐도 될지 혼자 고민하며 웃던 순간.

남편의 손 편지는 그 이후로도 성실하게 계속되었다. 내 답장은 게을러서 드문드문 이어지다 결국 포스트잇 편지로 변질되어버렸다. 그런 내 편지를 지갑에 붙일 수 있어서 편하다며 서운해하지도 않던 당신. "이벤트? 평소에나 잘하지"라며 유난히 시니컬하게 구는 나에게 작고 귀여운 선물을, 또박또박 눌러쓴 편지를 지치지 않고 전해줬던 남편.

이벤트 앞에서는 '쿨'한 척하는 나였지만, 소소하고 따뜻한 그의 편지는 언제나 좋았다. 남편에게 받은 작은 메모 하나도 소중히 보관했다. 남편이 야근하느라 늦는 나의 생일날이면 그 편지들을 꺼내 읽기도 했고, 다이어리 한편에는 남편의 편지를 넣어 다녔다. 교생 실습을 나갔을 때는 내 모습을 그려준 그림을 실습 노트 앞에 끼우고 다녔다. 남편이 회사에 들어가 한 달간 연수를 갔을 때, 매일 한 장씩 꺼내 읽으라고 써준 서른 장의 포스트잇 편지도 책상 서랍 제일 잘 보이는 곳에 넣어두었다.

하지만 어느새 2년 가까이, 그의 편지도 선물도 잊고 지냈다.

실은 남편이 나에게 무언가 줄 수 있을 거라고는 전혀 생각하지 못했었다. 그저 그가 살아 있다는 것만으로 다행이었으니까. 돌이켜보니 나는 그 시간 동안 내가 이전까지는 몰랐던 새로운 사랑에 대해 배웠다. 사랑이라는 게 '기브앤테이크'가 아니구나. 사랑이라는 건 순간순간 완성되는 거였다. 내가 사랑하는 순간, 그 사랑은 완성된다. 내가 다른 방식의 사랑을 하는 순간, 나는 그런 사랑을 할 수 있는 사람이 된다. 내가 더 큰 사랑을 하는 순간, 나는 그만큼의 사랑을 할 수 있는 사람이 된다. 그렇게 사랑은 완성된다. 상대에게 준 내 사랑을 그가 돌려주거나 되갚지 않아도 좋다. 내가 할 수 있는 사랑이 늘어나고 커지는 것만으로 나에게는 충분한 것이었다.

그래서 어쩌면 사랑은 계속 주고 싶은 것이고, 끊임없이 주고도 모자라지 않은지 살피는 것인지도 모른다. 그러니 원 없이 사랑해보면 어떻겠느냐고, 나는 나에게 말해주고 있었다. 내 말에 대답 없는 당신을 볼 때, 모든 걸 잃은 채로 멍하니 앉아 있는 당신에게 온종일 수다를 들려줄 때 나는 생각했다. 지금 나는 당신을 사랑하고 있다고. 그것만이 분명하다고. 괜찮다고.

남편이 회복되기 시작한 어느 날 아침, 간병인과 산책이라도 다녀온 건지 남편은 환자복 주머니에서 마술처럼 꽃을 한 송이 꺼냈다. 꽃이 예쁘게 피었더라는 간병인의 설명이 이어지고, 남편과 간병인은 무슨 꿍꿍이인지 둘만의 메시지를 주고받으며 내게 꽃을 건네준다.

남편이 선물해준 꽃을 머리에 꽂고 온 병원 복도를 누비고 다녔다. 보는 사람들마다 '저 여자 결국 머리에 꽃 꽂았구나' 하는 얼굴을 감추며 "어머, 오늘 웬 '꽃' 단장이에요?"라고 묻는다. 나는 또 나대로 싱글벙글하며 "남편이 선물해줬어요" 하고 대답한다. 내가 환하게 웃으니 상대방의 얼굴은 다시 한번 '결국 꽃 꽂은 게 맞네' 하는 얼굴이 돼버리는데, 그걸 보는 게 재밌어서 나는 입을 더 활짝 벌리며 웃었다. 남편이 준 꽃의 꽃말을 찾아보니 '사랑의 기쁨'이란다. 정확도는 60퍼센트라지만, 그냥 믿기로 한다.

컴퓨터에 능숙했던 남편의 기억에 맞춰 작업 치료로 삼십 분씩 키보드 앞에 앉게 됐다. 선생님은 어미 새처럼 매일 새로운 주제를 물고 온다. 어떤 날은 남편이 좋아하는 노래를 틀어놓고 그 가사를 적어보고, 어떤 날은 신문 기사를 함께 읽었다. 타자 치는 일은 마치 자전거처럼 몸이 기억하는지, 남편은 꽤 금방 키보드에 적응한다. 자신이 뭔가 생산적이고 적극적인 활동을 하게 됐다는 점이 기뻐 보인다. 치료가 끝날 즈음 그날의 감상을 물어보면 대부분, "이렇게 키보드를 쳐서 새롭고 즐거웠어요" 말하는 남편.

선생님은 어느 날 남편에게 힘들지 않냐고 물어보았다. 그러고는 나에게도 똑같은 질문을 했다. "남편분이 감정 표현을 많이 하시는 편인가요?" "아뇨. 워낙 속내를 잘 얘기하는 편이 아니에요. 그래서 걱정이기도 해요. 힘들면 힘들다고 말이라도 해야 할 텐데……" 내가 대답하자 선생님은 남편에게 말한다. "환자분, 힘드시면 편하게 말씀하세요. 참지 마시고요." 우리의 대화를 듣고 있던 남편이 대답 대신 키보드를 누른다.

힘들 닥ㄴ 하면 아내가얼ㄹ마나 힘들 까생갇하면 말ㄹ 못해요

나는 언제나 이렇다. 사랑하는 일에 대해서라면 나는 언제나 그에게 지고 만다. 이번에야말로 내가 더 사랑하려고 했는데. 남편이 아픈 시간 동안 그에게 사랑을 듬뿍 줘서 이 사랑의 영원한 승자가 되고 싶었는데. 토닥토닥 두드리는 키보드 소리를 따라 화면에 적히는 글자들 앞에서 눈물을 참지 못했다. 자기 삶에 닥친 헤아릴 수 없는 고통 앞에서도 나를 걱정하고 있다는 말 앞에서 무슨 말이 더 필요할까. 에이, 나는 또 지고 말았다.

며칠 뒤, 치료 선생님은 남자 친구와 다퉜다며 하소연을 한다. 남편이 로맨틱하다며 늘 부러워하셨는데 그날은 그 부러움이 더 크셨던가보다. 나와 남편은 선생님의 서운함을 들어드렸다. 치료가 끝날 즈음 느낀 점을 적어보라는 선생님의 말에 남편은 이런 글을 남겼다.

느낌ㅁ점: 여자는 남자하기 나름

평소와 달리 정확한 문장에 모두 웃음을 터뜨렸다. 고맙다는
말로도 다할 수 없는 감정이 가득한 그런 나날이었다.

3부

✳

깨진 그대로 와서 편히 있어요

익숙하고 낯설게

"나 저 사람하고 한 공간에 있고 싶지 않아."

그 긴 시간을 병원에 입원해 있으면서 '싫어' '짜증 나' 같은 말은 한 번도 해본 적 없던 남편이 말했다. 사고 후 2년 만에 정신을 차렸을 때 그가 느꼈을 감정을 나는 차마 헤아릴 수 없었다. 하물며 갑자기 앞을 보지 못하게 된 남편이 모르는 사람 여럿과 한 공간에서 지내는 건 얼마나 어려운 일이었을까. 남편은 션트 수술 이후 4개월간의 병원 생활 동안 제법 큰 충격과 상처를 받았고, 나는 우리의 예상보다 일찍 남편의 퇴원을 결정해야했다.

우선 짐을 추렸다. 집으로 가져가야 할 것과 중고로 판매할 수 있는 것들(휠체어나 재사용이 가능한 보조기구 등)을 나눴다. 입원해 있는 동안 종종 뵌 의료기 상사 사장님은 휠체어를 판다는 소식에 (내 기준에서는) 헐값을 불렀다. 나는 얼른 "저희 휠체어 얼마나 깨끗하게 썼는지 잘 아시잖아요" 같은 말을 덧붙이려다가, 그 휠체어를 타고 겪었던 많은 일들을 떠올리며 그만두었다. 대신 "이 휠체어 타고 남편이 살아났으니까, 이거 타시는 분들한테도 좋은 일 있었으면 좋겠네요"라고 말했다. (중고로 사간 대부분의 휠체어는 깨끗이 소독하고 헐거워진 곳들을 수리해 대여용으로 사용한다.)

저녁이 되어 집으로 돌아갈 때마다 병원 짐을 조금씩 날랐다. 매번 집에 있는 가장 큰 장바구니에 가득 담았는데도 꼬박 일주일이 걸렸다. 아직 뜯지 않은 일회용품들은 같은 병실의 간병인분들과 환자분들에게 나눠드렸다. 그중에서도 흔히 볼 수 있는 직육면체 모양의 플라스틱 정리함은 탐내는 사람이 많은 물건이었다. 병실에서 먹고 자고 생활해야 하는 간병인들에게는 환자가 쓰는 침대 밑이 거의 유일한 사용 공간이다. 그곳에 자신들의 짐을 보관하기 위해 종이 상자를 적당히 잘라서 사용한다. 잘 구겨지고 찢어지는 종이 상자에 비한다면 플라스틱 정리함은 그야말로 귀했다. 나는 정리함 속에 있던 물건들을 비우고 젖은 수건으로 뚜껑이며 내부를 깨끗이 닦은 후, 다음 주인에게 전달했다. 정리함을 받은 간병인은 아이같이 좋아하면서 그 어느 때보다 긴 덕담을 시작했다. 덕분에 남편과 퇴원할 때는 작은 짐가방 하나가 전부였다.

재활병원에서만 1년이 넘는 시간이었다. 지하 운동실과 1층의 언어 치료실, rTMS(자기자극을 반복 시행해 뇌의 신경세포를 활성 또는 억제하는 뇌자극 치료) 치료실, 주사실과 초음파실, 엑스레이 촬영실까지. 우리가 있었던 3층 병동의 간호사 스테이션과 하루에도 몇 번씩 들락거렸던 린넨실, 설거지하느라 늘 줄을 서야 했던 탕비실. 그리고 고구마를 찐다, 국수를 삶는다 하며 과하게 사용하는 통에 자꾸 고장이 나 결국에는 유료로 사용이 전환된 그곳의 전자레인지들. 5층의 워킹 로봇과 옥상 정원. 단 두 대뿐인(그것도 한 대는 소형) 엘리베이터를 기다리던 시간들. 언제나 벗어나고 싶었지만 그 어느 곳보다 익숙해진 공간들이었다. 이제 손에 익은 공간들과 가까워진 사람들, 능숙해진 시간들을 뒤로하고 세상으로 나설 터였다.

앞으로는 모든 게 미지의 세계였다. 오랜 시간 의식이 혼미했던 남편, 갑자기 앞이 보이지 않게 된 남편과 집에서 단둘이 생활하게 된다는 것만이 분명했고, 나머지는 쉽게 예상하거나 상상할 수 없었다. 마음이 약해질까봐 누구에게도 퇴원한다고 말하지 않았다.

2년 4개월 만에 우리는 집으로 돌아왔다. 병실을 떠나 그리운 집으로 돌아간다는 사실에 남편은 조금 들뜬 얼굴로, 하지만 어쩐지 면목이 없다는 표정으로 나와 함께 택시에 올랐다. 익숙한 아파트 입구를 지나 남편이 먼저 차에서 내리던 순간, 나는 우리가 꼭 처음 만난 것 같다고 생각했다. 남편은 내가 아는 그이지만, 이제 영영 새로울 그가 되었다. 그는 혼자 차에서 내리는 것도 어려워했고, 나의 부축이 필요했으며, 한 걸음 한 걸음 나의 안내를 받아야 했다. 그렇게 우리는 아주 익숙한 집으로, 아주 낯설게 돌아왔다.

아직 덜 회복된 몸을 움직이고 오랜 치료와 투병으로 힘들었던 마음을 추스르는 일 외에도, 남편에게는 갑작스레 생겨난 새로운 정체성과 온전히 마주할 시간이 필요했다. 나 역시 마찬가지였다. 집에 남아 있던 과거의 흔적들을 볼 때면 그건 반갑고도 쓸쓸한 것이어서 우리가 그때로부터 얼마나 멀어졌는지 실감해야 했다.

집으로 돌아온 후 나는 간병인 없이 남편을 돌보기 시작했다. 이런 결정을 하게 된 데는 여러 이유가 있었다. 회사의 경제적 지원은 유효했기에 계속 간병인의 도움을 받을 수도 있었지만 간병인들에게 남편의 상황이 얼마나 큰 부담인지 병원에서 이미 여러 번 경험한 터였다. 부담스러운 상황을 떠안고 누군가가 그를 정성껏 돌봐주리라 기대하기란 어려웠다. 무엇보다 남편의 정서적 안정이 중요했다. 스스로 자신의 삶을 꾸리려면 그에게도 시간이 필요했다. 그동안이라도 내가 그의 곁을 지킬 수 있기를 바랐다.

남편이 어느 정도 회복되고 정서적으로도 안정이 되고 나면 복지관에 등록해 시각장애인을 위한 교육을 받을 계획이었다. 시각장애인의 삶에 대해서라면 우리는 완전히 초보였기에 배워야 할 것들과 익혀야 할 것들이 많을 터였다.

그런데 그때, 또 예상치 못한 일이 벌어졌다. 우리가 집으로 돌아온 직후에 코로나19가 발생한 것이다. 세상은 전에 없는 규칙에 적응하느라 바빴다. 복지관 수업도 대부분 잠정 중단되었다. 그렇게 남편과 나의 24시간이 시작되었다. 우리는 함께 먹고 자고, 울고 웃으면서, 서로의 부서진 조각들을 찾아주고, 새로 필요한 조각들을 만들어가야 할 것이었다. 그건 삶을 새롭게 시작하는 일이었다. 두렵고도 떨렸다.

환희는 짧고,
일상은 길다

    나에게는 언제나 희망이 있었다. 나는 그 희망을 다시 돌아본다. '그가 살 수만 있다면' '그가 깨어날 수만 있다면' '그가 온전한 정신으로 살 수만 있다면' '그가 걸을 수만 있다면'. 다시 생각해도 그 바람들이 하나도 이상하지 않아서 나는 그때의 나를 힘껏 안아주고 싶다. 그 희망들이 무슨 죄일까. 그 희망들을 품었던 내가 무슨 죄일까. 나는 지금도 그 바람들을 하나도 빠짐없이 이해한다. 하지만 지금은 알고 있다. 저 희망들에는 '현실'이 빠져 있었다는 것을. 그 현실 속에서 나는 내가 처음 만나는 남편과 살아야 한다는 사실을. 나는 앞이 보이지 않는다는 것의 의미, 그것도 장애 없이 살아오던 이가 갑자기 장애를 얻게 되는 일에 대해서는 아무것도 몰랐다는 것을. 그러니 저 희망과 상상은 언제나 반쪽짜리라는 것을. 아니, 그것은 때로 아무것도 아니었다.

우리는 앞이 보이지 않는 이의 삶에 대해 아무것도 몰랐고, 남편이 어떤 마음으로 하루하루를 맞이하게 될지 상상하지 못했다. 나는 남편이 살아났고, 걸을 수 있게 됐고, 말할 수 있게 됐고, 온전한 정신을 회복했다는 것에 환희를 느꼈지만, 남편은 자신의 사고 사실과 치료 과정을 전혀 기억할 수 없었기에 그 환희에서는 비켜나 있었다. 그러니 환희조차도 우리는 함께 나눌 수 없었다. 우리는 서로에게 낯선 존재가 되었다.

환희는 짧고 일상은 길다. 나의 환희가 얼마나 크고 빛났든, 반복되는 일상 앞에서 나의 환희는 금세 빛을 잃었다. 집에서 보는 남편은 한없이 불안했다. 가구가 많지 않은 우리 집은 남편에게 특별히 위험한 공간도 아니었다. 남편이 퇴원하기 한참 전부터 집을 정리하며 곳곳에 안전장치를 설치하기도 했다. 우리가 느낀 불안함은 그런 문제가 아니었다. 의료진도 치료사도, 안전장치가 달린 환자용 침대도 휠체어도 없는 집은 전혀 안온하게 느껴지지 않았다. 남편이 회복과 재활이 필요한 환자라는 사실이 집이라는 공간에서 더 뚜렷해졌다. 나는 남편이 화장실에 가는 것부터 양말을 신는 것까지 모두 도와야 안심이 되었다. 그가 혼자 침대에서 일어서는 일에 우리가 함께 익숙해지는 데만 수

개월이 걸렸다.

그가 다섯 발짝 정도 되는 거실을 가로질러 걷는 모습을 처음 지켜보던 날, 나는 얼마나 숨을 죽였던가. 발을 끌며 걷는 그의 한 걸음 한 걸음에 담긴 두려움과 조심스러움이 고스란히 느껴졌다. 함께 외래라도 가는 날이면 며칠 전부터 외출 준비를 해야 했다. 차를 예약하고, 길을 검색하고, 외부에서도 화장실에 가기 편하도록 알맞은 옷을 준비하고, 남편과 어떤 곳을 어떻게 이동할지 상의해야 했다. 만반의 준비를 했어도 늘 긴장이 되었다. 남편은 혼자서 할 수 있는 일이 거의 없으니 하루라는 긴 시간을 힘겹게 견뎌야 했고, 어렵게 뛰어든 작은 시도들은 대부분 실패로 끝났다. 내 손처럼 익숙하던 핸드폰을 쓰는 것도, 컴퓨터를 다루는 것도 쉽지 않았다.

시신경이 손상된 남편은 시야가 계속 바뀐다고 했다. 때로는 눈이 부셔 뜰 수 없을 만큼 강렬한 빛이 비치는 느낌을 받는다고 했고, 온 세상이 붉은색으로 느껴지기도 한다고 했다. 시도 때도 없이 나타나는 종잡을 수 없는 변화였기에 남편은 잦은 두통에 시달렸다. 한밤중이 되면 유난히 밝은 빛이 느껴지는 현상이 반복돼서 잠을 이루지 못했고, 그렇게 밤을 새우고 나면 다음날 온종일 아무 때나 아무 데에서나 잠이 들었다. 수면 유도제 정도로 치료할 수 있는 것이 아니었다. 나는 그가 어떤 상태인지 표면적으로는 알고 있었지만 남편이 실제로 어떤 현상을 겪고 있는지 상상하기란 어려웠다. 이 차이가 남편과 나를 가르고 있었다. 그는 알지만 나는 모르는 것이, 그는 느끼지만 나는 느낄 수 없는 것이, 그는 최선을 다하고 있지만 나에게는 닿지 않는 순간들이, 그는 괴롭지만 나는 그만큼 괴로울 수 없는 것이. 이 모든 차이가 우리 사이를 가로질렀다.

우리는 이전까지 서로가 느끼는 것을 함께 공유할 수 있었다. 내가 본 것을 그가 보았고, 그것이 언제나 대화의 시작이었다. 하지만 이제는 아니었다. 내가 본 것을 그에게 설명하려고 해도 거기에는 '내'가 들어가고 말았다. 아무리 있는 그대로 설명해주고 싶어도 잘 안 됐다. 그때마다 번거로웠고 동시에 두려웠다. 내가 이 세상을 그에게 모두 설명해줘야 할 것만 같은 부담과 내 시선에서 이 세상을 멋대로 그에게 설명해주는 것은 아닌지 두려움이 밀려왔다. 두려움에 숨이 턱 막혔다가도, 설명을 기다리고 있는 남편의 얼굴을 보면 참을 수 없어서 다시 설명을 시작했다. 두려움은 점점 더 커졌다.

며칠 만에 겨우 잠든 남편의 얼굴을 바라보며 홀로 우는 날이 많았다. 그는 매일 아침 어떤 마음으로 다시 현실을 마주할까. 그가 느끼고 있을 슬픔을 다 가늠할 수 없어서, 그를 지키고 돌봐야 하는 부담과 두려움이 나를 짓누르고 있어서 나는 그저 울어야 했다. 내가 다 헤아릴 수 없을 만큼 큰 슬픔을 지게 된 그에게 나는 얼마나 다가갈 수 있을까. 나의 부담과 두려움은 어떻게 해야 할까. 하염없이 눈물을 흘리는 것 말고는 다른 방법을 알 수 없었다. 내가 아는 당신이 너무나 적어서, 나는 당신이 곁에 있는데도 당신과 함께라고 말할 자신이 없었다.

아둔한 나는, 아니, 나는 나에게 이렇게 말할 수 없다. 가련한 나는, 아니, 이건 나를 말하는 진실이 아니다. 그래, 그냥 나는, 남편과 다시 꾸려갈 우리의 삶을 기다렸던 나는, 우리 사이의 이 거대한 균열 앞에서 매번 넘어졌다. 나의 부담과 두려움이 얼마나 크고 질긴 것인지, 남편이 느끼는 절망이 얼마나 깊고 무거운 것인지 나는 부딪힐 때마다 놀랐다. 남편 역시 자신이 마주한 정체성이 어떤 의미인지, 자신의 삶이 얼마나 달라졌는지 가늠조차 하지 못했다. 그는 자신의 곁을 지키고 있는 내가 어떤 마음인지 헤아리고 싶어했지만 그조차 쉽지 않았다. 우리는 서로에게 미안해하면서, 서로를 안쓰러워하면서, 하지만 서로를 어떻게 대해야 하는지 알지 못한 채로 부서질 듯 스산한 마음을 안고 지냈다.

우리는 달라진 서로를 알아보려 안간힘을 썼지만 매번 실패했다. 서로에게 건넬 말을 고르다가 하루가 지났고, 괜찮다는 마음을 설명하려다 벽에 부딪혔다. "괜찮아." "응, 나도 괜찮아." 두세 번 괜찮다는 말로만 대화가 이어지면 정작 우리 사이는 전혀 괜찮지 않았다. 그런 하루를 보내고 잠자리에 누우면 각자의 마음이 서로에게 닿을 수 없을까봐 두려웠다.

잠들지 못하는 남편이 밤새도록 발을 끌며 집 안을 걸어 다닐 때, 남편이 화장실에 들어가는 모습을 곁눈질로 살피며 무사히 나올 때까지 무심한 척 기다릴 때, 나는 달라진 남편을 어떻게 대해야 할지 막막했다. 컴퓨터 사용법을 설명하다 목이 잠기고, 그날따라 실수가 잦아 남편이 몇 번이나 쏟은 음식과 물을 치우던 날, 쓰러져 잠든 내 숨소리를 들으며 그는 하염없이 미안했으리라. 할 수 있는 일이 없는 자신이 원망스러웠으리라.

우리는 오랜 시간 '우리'였는데, 지금의 우리는 '새로운 우리'를 만들어야 했다. 막막한 날들이 지나가다 문득 별일 아닌 어떤 순간에 누군가의 눈물이 터지면 함께 울었다. 차라리 울 수 있을 때 서로가 편했다. 가슴속 저 깊은 곳에서 쏟아져나오는 눈물이 전하지 못한 많은 말을 대신했다. 우리는 여러 번 함께 울었다. 울고 나면 서로가 한결 편안하게 느껴졌다. 미안함, 쑥스러움, 조심스러움, 좌절, 고통, 아픔 같은 것들로 꽉 막혀 있던 벽이 우리의 뜨거운 눈물로 조금씩 녹아내리는 것 같았다. 그 벽이 조금씩 얇아질수록 우리는 서서히 더 많은 대화를 나눌 수 있었다. 대화가 이어지다 또 눈물이 쏟아지면 벽은 더 얇아졌다. 작은 구멍도 생겼다. 그 틈으로 우리는 서로를 느낄 수 있었다. 저 두껍고 팽팽한 감정들 뒤에 비로소 우리 자신이 있었다.

시간은 또다시 2년을 넘기고 있었다. 남편과 함께 단 며칠이라도 이 도시를 떠나 있고 싶었다. 우리는 여행을 떠났고, 그곳에서 그는 처음 흰 지팡이 얘기를 꺼냈다. 한번 그 지팡이를 만져보고 싶다고. 내 두려움만큼 부풀었던, 트렁크가 터질 듯 가득했던 짐 중에는 한참 전에 사두었던 흰 지팡이도 있었다.

지방 소도시의 공원은 남편이 혼자 지팡이를 연습해보기에 좋은 공간이었다. 그곳에서 남편은 흰 지팡이를 처음으로 짚었다. 그는 나에게 사진을 찍어달라고 부탁했고, 나는 앞에 장애물이 없으니 지팡이를 짚으며 걸어보라고 했다. 남편은 톡, 톡 지팡이로 땅을 두드리며 한 걸음, 또 한 걸음을 내딛었다. 어느새 내 앞으로 걸어온 그가 말했다.

"나, 아주 여러 번 흰 지팡이를 든 내 모습을 상상했어. 그런데 그 모습이 정말 싫었어. 그래서 또 상상해보고 또 상상해봤어. 그런데 며칠 전에 문득, 흰 지팡이를 한번 써보고 싶다는 생각이 들었어. 그래서 오늘……"

그는 말을 다 잇지 못하고, 나는 똑같이 눈물 범벅이 된 얼굴을 들어 남편을 안는다. 그만 말해도 괜찮다고 그의 등을 두드린다. 흰 지팡이를 든 자신의 모습을 여러 번 상상했었다는 말에 나는 할 수 있는 말이 없다. 그랬구나, 혼자서 자신을 받아들이려고 애써왔구나. 잘했다, 장하다, 멋있다. 그런 말들이 내 속에서 맴돌다가 눈물이 되어 흘렀다.

한적한 공원에서 한참을 걸었다. 남편이 혼자 걸을 수 있는 구간은 짧았지만 우리에게는 전혀 짧게 느껴지지 않았다. 남편은 흰 지팡이를 짚으며 한 걸음 한 걸음 내딛고, 나는 그 모습을 사진에 담았다. 너무 울어서 눈은 부어 있었지만, 사진 속의 우리는 웃고 있었다.

엉엉 울어버렸다

하루하루가 훈련의 연속이었다. 남편이 혼자 화장실에 가는 걸 한참 지켜보았다. 불도 켜지 않은 화장실로 더듬더듬 걸어 들어가는 모습을 처음 보던 날 나는 가슴이 뻐근한 통증을 느꼈다. 그에게는 이제 '밝음'이 소용없게 됐다. 그가 다시 무사히 볼일을 보고 화장실 밖으로 나오기를 기다렸다. 물을 내리는 소리, 손을 씻는 소리, 조심조심 발걸음을 떼는 소리에 온 신경을 곤두세웠다. 남편이 밖으로 나오자 남편의 독립 보행을 축하했다. "자기는 능력자네. 불 안 켜고도 이렇게 잘 다니고." 남편은 손가락으로 브이를 그린다. "이게 바로 전맹의 능력이지."

훈련은 일상 곳곳에 있었다. 남편이 주로 쓰는 물건을 늘 같은 자리에 두는 일 역시 훈련이 필요했는데, 남편에게는 거리 감각이라는 게 전혀 없었기 때문이다. 자신이 생각하기에는 분명히 그 자리에 두었어도 다시 그 물건을 찾기란 난감한 일이었다. 남편의 수면 양말은 늘 한 짝만 발견되었고, 그는 이불 위에 두었다고 했지만 그 이불 위가 너무 넓어서 찾지 못하는 경우가 허다했다. 나는 칸막이 정리함을 구입했다. 분리가 되어 있으면 남편이 물건을 찾기가 좀 더 수월했다. 하지만 눈 감고 정리해보면 알 수 있다. 칸막이도 방향만 틀어지면 아무 소용이 없다는 걸.

남편이 노트북 앞에 다시 앉던 날, 나는 목이 쉬고 말았다. 마우스 커서는 망망대해에 떠 있는 작은 돛단배처럼 느껴졌다. 그에게는 더 이상 마우스가 필요 없었다. 그걸로 원하는 아이콘을 선택하는 일은 불가능했다. 시각장애인용 화면 해설 프로그램을 켰다. 꼭 필요한 프로그램이지만 남편에게는 너무나 낯설었다. 보이는 내가 남편에게 프로그램 작동법을 설명하고, 설명을 들은 남편이 다시 실습하는 일을 반복했다. 그렇게 훈련을 해도 어떤 날은 로그인하는 일부터 막혀서 진척이 없었다. 패스워드의 알파벳 중 뭘 잘못 입력한 건지 확인할 수 없어서 오후가 다 지나는 식이었다. 그런 날은 우리 둘 다 완전히 지쳐서 나가떨어졌다. 서로의 마음 안에 자괴감이 가득했다.

훈련은 사실 나에게도 필요했다. 남편을 지켜보는 시간을 견디는 훈련. 내가 해버리면 오 분도 안 걸릴 일을 그가 더듬더듬 혼자 힘으로 해내려면 한 시간이 걸리기도 했다. 그 과정을 묵묵히 지켜보며 그가 요청하는 최소한의 도움만 주고 다시 그가 스스로 그 일을 해낼 수 있도록 기다리는 일. 안타깝고 답답한 마음만을 생각한다면, 내가 대신해주면 되었다. 하지만 그건 그를 위한 일은 아니었다. 스스로 완결할 수 있는 일이 늘어날수록 그의 마음도 더 씩씩해질 것이었다. 그래서 나는 안타까움을 접어두고 그를 지켜본다. 기다린다. 우리는 그런 시간을 건너고 있었다.

각자 훈련의 나날을 보내던 어느 날이었다. 남편은 이제 혼자 화장실 가는 데 제법 익숙해졌다. 더는 아내 손에 의지하지 않아도 되니 그건 남편에게도 자부심이 있는 일이 아닌가. 그날도 남편은 혼자 화장실에 갔다. 그런데 잠시 후 '쿵' 하는 소리가 들렸다. 순간적으로 머리털이 쭈뼛 섰다. 남편의 이름을 부르며 화장실에 들어갔다. 그가 변기 옆에 넘어져 있었다. 변기 옆 세면대에 어깨를 부딪혀 넘어진 것이다. 나는 다른 데는 더 다치지 않았는지 물으면서 천천히 남편을 일으켰다. 머리를 부딪히지는 않은 모양이었다. 큰일이 아니어서 다행이라고 생각했다. 하지만 하룻밤 자고 일어나니 남편의 상태가 생각보다 훨씬 심각해 보였다. 우리는 바로 병원으로 향했고, 쇄골 골절 진단을 받았다. 수술을 해야 했다.

수술이라니. 게다가 뼈를 고정하기 위해 나사를 박아야 해서 전신 마취를 해야 했다. 남편은 머리에 션트를 달고 있으니 전신 마취 등을 하는 게 괜찮을지 확인이 필요했다. 그때부터 나는 바빴다. 우리가 다니는 신경외과 외래에 연락해 상황을 설명하고 수술해도 되는지 확인했다. 신경외과에서는 남편이 수술받을 병원 신경외과에 협진을 요청하는 게 좋겠다고 했다. 뇌압 등이 변하지 않는지 수술 전후로 살펴보라고도 이야기해주었다. 시티 촬영도 필수로 부탁했다. 나는 그런 상황을 담당 교수에게 설명하고 수술 일정을 잡았다. 이틀 후에 입원하기로 결정하고 보호대로 팔을 고정한 남편과 함께 집으로 돌아왔다.

보이지 않는 남편이 한쪽 팔도 쓰지 못하게 되자 나는 다시 예전에 병원에 있을 때처럼 종종걸음을 해야 했다. 지금까지의 모든 훈련이 무색하게 남편은 또다시 밥도 혼자 못 먹고, 옷도 혼자 못 입고, 화장실도 혼자 못 가는 상태가 되었다. 나는 그 모든 상황을 돌보며 입원하기 위한 짐을 싸기 시작했다. 그러다가 그만 울음이 터져버렸다.

남편이 가엾기도 했고 우리가 처한 상황이 힘들기도 했다. 하지만 내가 운 진짜 이유는 병원에 가기 싫어서였다. 병원에 가야 한다는 사실만으로도 심장이 옥죄어왔다. 그런 증상은 외래를 다닐 때도 왕왕 나타났다. 우리는 신경외과와 안과 외래를 정기적으로 다녀야 했는데, 나는 외래에 갈 때마다 심장이 두근거리고 숨이 조금 밭아지는 경험을 했다. 충분히 그럴 수 있는 일이라고 생각했고, 시간이 가면 나아지겠거니 했는데, 병원에 또 입원해야 한다는 사실에 무너지고 말았다. 나는 갑자기 엉엉 울어버렸는데, 남편은 내가 왜 우는지 알 수 없으니 당황해서 어쩔 줄을 몰랐다.

그때 알았다. 내가 긴 시간 병원에 있으면서 경험한 많은 것들이 다 흘러가지 못하고 내 안에 남아 있다는 것을. 그리고 어쩌면 그것들 중 어떤 것은 오래도록 내 안에 남아 있으리라는 것을. 나는 집으로 돌아왔으니 이제 괜찮다고 생각했지만, 실은 괜찮지 않다는 것도. 나에게는 그 시간들이 흘러가도록 기다려줄 수 있는 또 다른 시간이 필요했지만, 현실에 그럴 여유는 없었다.

한참을 엉엉 울고 나서야 나는 짐을 싸기 시작했다. 정말로, 정말로 병원에 가고 싶지 않았지만, 어쩔 수 없었다. 나를 조금 위로하기 위해, 병실에서 사용할 향이 좋은 비누와 샴푸를 샀다. 남편은 곧 수술을 받았고, 우리는 6일의 입원 끝에 다시 집으로 돌아올 수 있었다.

남편 탐구 보고서

#1

남편은 보이지 않으면서도 나에게 자꾸 사진을 찍어달라고 한다. 심지어 예전보다 더 자주 부탁하는데, 나는 그게 오랫동안 의아했다. 그래도 차마 "자기는 볼 수도 없는데 왜 자꾸 사진을 찍어달라고 해?"라고 물을 수 없어서 그저 사진을 찍어준다. 그는 마음으로 볼 수 있는 눈을 지니게 된 걸까?

#2

학창 시절 라디오 듣는 걸 좋아했던 그는 퇴원 후 라디오를 거들떠보지도 않는다. 오히려 내 설명을 듣더라도 굳이 티브이를 '듣고' 싶어한다. 좀 번거롭기도 하고 프로그램에 집중하기가 어려워서 나로선 불만이지만, 남편의 마음을 생각하면 안쓰러워서 번번이 화면을 설명하며 함께 티브이를 듣는다. 그런데 아무리 생각해도 이건 분명히…… 나를 좀 더 괴롭혀보려는 것이 아니겠는가!

#3

함께 쇼핑을 하게 되면 전과 다르게 남편은 늘 본인 옷도 꼭 사기를 원한다. 필요를 최우선으로 따지던 과거와는 사뭇 다른 모습이다. 그것도 전처럼 무채색 위주의 옷들이 아니라 핑크, 노랑, 초록, 파랑처럼 밝은색 옷을 사겠다고 한다. 나는 그런 색들이 남편에게 잘 어울려 다행이라고 생각하면서 값을 치른다. 안 보이게 된 것도 억울한데 하고 싶은 건 다 해보려는 걸까. 뭐, 그건 나쁘지 않지. 그래도 물욕이 좀 너무 좀, 응?

#4

기초 화장품 두세 가지가 전부인 나보다 남편은 화장품이 좀 더 많다. 그는 성실하게 스킨케어를 하고 선크림은 나보다도 더 꼼꼼하게 바른다. 밤에 씻고 자고, 집에만 있다가 오후에 산책하러 나가려고 하면 부지런히 세수를 다시 하고 화장품을 발라야 밖에 나가는데…… 흔히 가족끼리 외출하려면 꼭 아버지들이 제일 먼저 준비 끝내고 현관에 나가서 압박하는데, 나도 그 모양새로 밖에 나갈 때마다 남편을 기다린다. 유난히 가늘고 긴 손가락으로 피부 관리를 하는 모습을 보자면 '공주님' 소리가 절로 나온다. 그래놓고 내가 "공주님, 아직이신지요. 소인 기다리고 있사옵니다" 하면 꽁한 얼굴로 자기는 공주가 아니라고 하는데. 화장을 그만하든지, 공주 소리를 받아들이든지. 어느 거 하나는 하자.

#5

남편은 신체적인 고통도 잘 참고 심리적인 압박도 꽤 잘 견디는 사람이었다. 하지만 사고 후 그는 그 많은 인내심은 다 어디 갔을까 싶을 정도로 자주 북받쳐하고 자주 운다. 나는 그의 감정 기복이 낯설기도 하고 한편으로는 신기하다. 가끔은 정말 다른 사람이 돼버린 걸까, 의문이 들기도 한다. 혹시 그는 자신의 인내심 대부분을 보이지 않는다는 사실을 매 순간 받아들이는 데 쓰고 있는 것일까.

#6

거실에서 움직이는 내 소리를 안방에서 듣고 남편은 "자기야, 지금 ○○하고 있지?"라고 묻기도 한다. 어떨 때는 내 호흡 소리를 듣고 내 생각이 바뀌었다고 알아채기도 한다. 그때마다 나는 깜짝 놀란다. 정말로 시각을 대신해서 청각이나 후각, 촉각이 발달하기는 하는가보다, 하고 감탄하게 되는 것이다. 그런데 또 어떤 소리는 전혀 못 듣는 것 같다. 뭐야. 그는 지금 '선택적으로' 듣고 있는 것인가! 그렇다면 이 또한 나를 좀 더 괴롭히는 것이 목적?

#7

남편의 혼잣말이 유독 많아졌다. 처음에는 눈으로 상황을 파악할 수가 없으니 자신 없이 말하게 된다면서 자신의 혼잣말을 변호하기에 안쓰러운 마음이었는데, 시간이 가면서 드러난 진실은 그게 아니었다. 그는 단지 수다쟁이였을 뿐. 나는 가끔 남편에게 십 분만 말하지 말고 있으라고 주문하게 되었다. 남편은 아직 산책 등의 독립 보행이 불가능하니 나와 함께 외출하게 되면 굉장히 설레고 즐거워한다. 그리고 그 감정은 '수다'로 표현된다. 쉴 새 없이 자기 머릿속의 상상과 유머, 그 자신도 인정한 얼토당토않은 이야기들을 들려주는 남편. 내가 들어주길 원한다면 개그의 타율을 높여라!

#8

혼잣말과 더불어 질문이 어마무시하게 많아졌다. 보일 때는 세상만사에 시큰둥하던 사람이 요즘은 내가 미소만 지어도 공기의 흐름이 달라졌다는 걸 눈치채고 "왜?" "무슨 일인데?" 하고 묻는다. 나는 마치 다섯 살 아이의 엄마가 된 것처럼 그 수많은 '왜'에 대답하고 있다. 이미 흘러간 순간적인 상황들을 복기하는 일은 상당히 피곤하다. 그러니 남편아, 모든 걸 다 알려고 해야겠니. 보이는 나도 모든 걸 다 아는 건 아니야.

#9

남편의 시야는 24시간 내내 변한다. 부서진 시신경 조각들이 떠다니며 자신들의 흔적을 더듬고 있다는 뜻. 그 때문에 남편은 보이지 않는데도 암흑을 경험할 수 없다. 커다란 모니터를 눈앞에 고정해둔 것처럼, 남편의 시야는 종일 번쩍이고 휘황하고 오색찬란하다. 그러니 그가 무언가에 집중하는 일은 어렵다. 잠을 깊이 자는 일도 어렵다. 그는 가끔 스위치가 꺼지듯이 문득 잠든다. 오 분이나 좋았을까, 불쑥 깨어서는 "나 좋았어?" 하고 묻는다. 이런 상태를 안과에서는 약으로도 조절할 수 없는 후유증이라고 했다. 그저 적응하는 것 말고는 다른 방법이 없다고. 적응? 저 말을 듣던 날, 남편과 나는 쓴웃음을 지었다.

우리는 그날 이후로 적응이라는 말이 우리의 사전에서 흐리게 표시되겠다고 생각했다. 적응이나 극복, 그런 말들을 우리는 잘 쓰지 않는다. "적응/극복해라" "적응/극복할 수 있어" "적응/극복해야지" 등의 활용법 앞에서 머뭇대게 된다. 순간적으로 튀어나오지 않기를 바라는 말들의 목록에도 올라가 있다. 만약 '인간이 소중한 것을 잃고 어떻게 살아가느냐' 묻는다면, 그 대답이 '적응'이나 '극복'일 수는 없다는 걸 우리는 매일 배워가는 중이다.

#10

남편은 새소리를 좋아하게 되었다. 우리가 처음 흰 지팡이를 마주한 그 소도시에서 남편은 매일 아침 자동차 소리보다 먼저 들리는 새소리에 환하게 웃었다. "자기야 들려? 새소리야." 나는 새를 찾아보려고 했는데 새는 잘 보이지 않고 오로지 소리만 들렸다. "잘 안 보이네. 나도 소리만 들려." 남편은 내 말에 어쩐지 기분이 더 좋아진 눈치였다. 그렇게 남편에게는 새로운 친구가 생겼다.

남편이 새와 친구가 되기 전에는 나도 남편도 새에게 관심이 없었다. 새소리가 들리는지 마는지, 도시에도 이렇게 많은 새가 살아가고 있는지 전혀 몰랐다. 그런데 남편이 새와 친구가 되자 우리에게는 곳곳이 새가 사는 곳이었고, 새소리가 들리는 곳이었다. 아파트 주차장에서 (교통약자를 위한) 바우처 택시를 기다릴 때 우리를 반겨주는 새소리를 듣고, 남편이 좋아하는 남산 산책로를 걸을 때는 더 다양한 새소리를 들을 수 있다. 그럴 때 남편은 새들이 자신을 응원해주는 것처럼 느끼는지 기분 좋은 얼굴이다. 나도 덩달아 새소리에 집중하게 된다.

어느 날 동네 서점에서 새소리를 악보로 옮겼다는 책 한 권을 만났다. '야생 숲의 노트'라는 제목이 붙은 그 책은 온갖 종류의 새들이 내는 울음소리를 오선지 안에 음표로 표시하고, 그 소리가 어떤 느낌인지, 그 새는 주로 언제 우는지, 그 새가 어떤 생을 사는지 설명하고 있었다. 판형마저 작은 새처럼 아름다운 이 책을 나는 운명이 맺어준 인연처럼 소중하게 들고 집으로 돌아왔다.

세상은 음성으로 가득하다. 오직 새만이 노래를 한다. 새들은 자연에 존재하는 가장 훌륭한 예술가이며, 그들의 삶과 작품은 이 지구를 넘어선 수준이다. 그들은 우리를 알지 못하지만, 그들을 알게 된 것은 우리의 기쁨이다. 다른 어떤 생명체에게도 인간의 생각과 마음이 그렇게 큰 은혜를 입고 있지 않다. 이들 무수한 아름다운 생명체들은 밤에 수천 마일을 날아 바다와 대륙을 여행하며 ─ 포식자들을 피하려고! ─ 언제나 변함없는 봄처럼 날짜와 시간마저도 어기지 않고 다시 돌아와 우리의 과수원과 앞마당에 둥지를 짓고 새끼를 키우며, 그들의 아름다움과 우아한 몸짓 그리고 그보다 더, 훨씬 더, 다른 모든 것보다도 더, 세상에 노래의 영광을 쏟아부으며 우리를 기쁘게 한다.°

전과는 달라진 남편을 탐구하는 일을 나는 계속해나가겠지. 그건 마치 오래전부터 이 세상에 존재해왔지만, 이제야 우리가 그 존재를 알게 된 새소리처럼 뜻밖이고 반가운 것이기를.

나는 남편과의 하루하루가 때로는 낯설고 자주 의문투성이지만, 그가 그러한 것에 너무 많은 질문이나 예견은 하지 않고 싶다. 어떤 질문이나 예견은 그저 판단하기 위한 것이기에. 새는 그저 새이고, 새가 그렇게 우는 것은 새의 이유이고 새의 생이듯, 그는 그저 그이고, 그가 살아가는 방식은 그의 이유이고 그의 생이니까. 매번 성공하는 건 아니지만, 나는 내가 다 알 수 없는 방식으로 날아가는 새를 보듯, 그 새가 내는 독특한 울음소리를 듣듯, 남편을 본다. 그가 나에게 들려주는 것들을 듣는다. 그러려고 노력한다. 어느 날 문득 나에게 온 새소리처럼, 문득 나에게 찾아온 그를, 오래오래 듣고, 보고 싶다.

∘ 시미언 피즈 체니, 남궁서희 옮김, 『야생 숲의 노트』(프란츠, 2022)

당신의 정체성

"이게 바우처 카드야. 바우처 택시를 이용할 때는 이 카드로 계산해야 혜택을 받을 수 있어. 카드 뒷면에 자기가 장애인으로 등록돼 있다는 증명이 나와 있거든."

남편에게 바우처 카드의 생김새와 내용을 설명한다. 남편은 카드의 앞면과 뒷면을 찬찬히 만져본다.

"그럼 내가 장애인으로 등록이 되어 있다는 거겠네?"

나는 그렇다고 대답한다. 남편과 나는 잠깐 아무 말이 없다. 남편은 궁금해하고 있을 것이다. 자신이 장애인으로 등록되었다는 사실을 이제야 알게 되었으니 당연한 일이다. 나는 어디서부터 설명해야 하나 막막한 마음으로 지난 일을 돌아본다.

"법원에 남편의 상황을 증빙해줄 서류랑 신청서 내면 법정대리인으로 허가가 나올 거예요. 그럼 매번 이렇게 서류 떼러 다니느라 고생하지 않아도 돼요."

내가 남편을 대신해 제출하거나 확인해야 할 서류는 입원 기간 동안 계속 늘어났다. 처리해야 할 보험 일들도, 사고 관련 소송도 아직 진행 중이었다. 우리의 법적인 일을 도와주었던 손해사정사인 선배는 나에게 한두 번 저런 제안을 했었다. 내가 매번 남편을 대신해 서류를 떼거나 서류에 대리 서명을 하기 위해 번거로운 절차를 반복하고 있다는 걸 알았기 때문이다.

남편의 사고 직후부터 우리의 상황을 지켜봐온 선배에게 많은 도움을 받았다. 내가 어떤 서류에 서명하면 안 되는지, 언제 어떤 방식으로 항의하고 맞서야 하는지, 어디까지 수용하고 이해해야 적어도 일을 그르치지 않는지. 어렵고 곤란한 선택의 순간마다 선배에게 전화를 걸면 그는 맞춤한 조언을 아끼지 않았다. 내가 모르는 부분을 알려주고, 좀 더 넓은 시야로 문제를 바라보고 결정할 수 있도록 도와주었다. 하지만 이 제안에는 선뜻 응할 수 없었다.

내가 남편의 법정대리인이 된다는 건 남편이 현재 정신적으로 완전한 돌봄이 필요한 상태이고 나에게 전적으로 의지하고 있다는 뜻이기도 했다. 말하자면 금치산자인 셈. 물론 의학적으로야 남편이 그런 상태라는 걸 진단서 한 장과 치료 기록 정도면 증명할 수 있었다. 그런데도 나는 그렇게 하고 싶지 않았다. 우스운 얘기지만 내가 남편의 상태를 그렇게 결론짓고 나면 그가 정말로 영원히 그런 상태로 살아가게 될 것 같은 기분이었다. 그래서 매번 번거로운 쪽을 선택했다.

하지만 내가 피할 수 없는 선택지도 있었다. 남편의 장애인 등록 문제였다. 남편 회사에서 가입해두었던 상해 보험금을 처리할 때, 심지어 소송 서류를 제출할 때도 남편이 현재 국가 시스템에 등록된 장애인이라는 사실을 증명해야 했다. 법정대리인의 자격을 얻지 않아서 감당해야 하는 불편은 나 혼자 감당할 수 있었지만, 장애인 등록을 하지 않아서 발생하는 상황은 단지 불편한 정도가 아니었기에 더는 고집부릴 수 없었다.

장애인 등록을 경험해본 적이 없는 나로서는 의아한 마음도 들었다. 당시 남편은 뇌병변장애와 시각장애가 둘 다 있는 상태였다. 남편의 상태를 증명해줄 전문가의 소견은 충분했고, 언제든지 현재 상태를 확인할 수 있었다. 그런데 왜 꼭 장애인으로 '등록'해야 하는 걸까. 그리고 남편의 경우에는 내가 '대리인'으로 장애인 등록을 진행할 수 있지만, 그럴 수 없는 사람들은 어떻게 장애인 등록을 해야 하지? 막막한 고민과는 별개로 내가 법정대리인이 되는 것만큼이나 남편의 장애인 등록이 망설여졌다. 내 마음대로 결정해도 되는 걸까.

어떤 고민도 해결하지 못한 채 장애인 등록이라는 걸 시작했다. 우선 주민센터에 방문해 남편의 상황을 설명하고 장애인으로 등록하고 싶다는 의사를 밝히자 담당자는 필요 서류부터 심사 절차까지 자세하게 설명해주었다. 남편의 거동이 불편하다고 말하자 필요하면 심사관이 병원으로 방문할 것이라고 했다. 나는 필요한 서류를 준비했다. 내 예상보다도 많은, 상세한 서류가 필요했다. 나는 그것이 일면 타당하다고 생각했다. 한 인간을 규정하는 일이지 않은가.

그런데 서류가 아무리 많은들, 과연 이 서류만으로 남편의 상태를 알 수 있을까. 남편은 당시 자신이 보이지 않는다는 사실을 제대로 인지하지 못했기 때문에 손상된 시신경 조각들이 보내는 신호를 '보이는 것'으로 착각하고는 했다. 마치 눈앞에 뭔가 보이는 것처럼 말하기도 했는데, 그런 증상들도 감안하고 판단하는 것인지 궁금했다. 남편의 뇌병변 상태 역시 매일 증세가 다른데, 그런 것들도 심사에 반영될 수 있는지 의문이었다. 심사관이 한두 번 방문해서 심사하는 것으로 남편의 상태를 충분히 파악할 수 있는 걸까.

장애인 등록을 위해 남편의 상태를 끊임없이 되새김질하며 증명해야 하는 과정은 나에게 굉장한 스트레스였다. 남편의 아픔은 언제나 현재형이고 실제였지만, 우리를 서류로 처음 만난 심사관에게는 세상의 많은 아픔 중 하나일 뿐이었다. 그러니 더 명확하고 구체적으로 남편의 상태를 증명하라는 요구가 계속됐다. 나는 남편의 회복을 바랐지만, 장애인 등록을 위해서는 남편이 얼마나 아픈지, 얼마나 가능성이 없는지 계속 설명해야 했다. 그 두 마음이 충돌하는 일, 그리하여 끝내 남편의 아픔이 시스템이 말하는 어떤 '단계'와 '구분'에 속하기를 바라는 일은 나를 신물이 나게 했다.

무엇보다 나를 뒤흔든 것은, 남편이 이제 '장애인 카드'를 발급 받은 '장애인'이라는 사실이었다. 주민등록증이나 운전면허증처럼 그 스스로를 증명했던 카드에 이제는 '장애인'이라는 정체성이 더해질 터였다. 그게 무엇을 의미하는지, 우리가 얼마나 다른 세상으로 옮겨가는 것인지 상상할 수 없었다.

지금까지 '장애'라는 말과 얼마나 멀리 떨어져서 살아왔나. 겉으로는 장애인과 비장애인이 똑같다고 말하거나, 장애인의 불편에 깊이 공감한다고 말해왔지만, 그건 얼마만큼의 진실이었나. 사실 그 삶에 대해 아무것도 모르지 않나. 그런 생각을 하다 보면 내가 지금 남편의 정체성을 규정하려는 게 맞는 일인지 되물을 수밖에 없었다. '네가 규정하려는 게 아니야, 그에겐 이미 장애가 있어' 하고 되뇌었지만, 소용없었다.

서류를 준비하고, 제출하고, 심사를 기다리는 내내 결론 없는 불편한 마음을 안고 지냈다. 나를 뒤흔들던 고민의 시간이 서서히 지나자 이제는 남편에게 이 모든 사실을 전하게 될 순간들을 생각하며 괴로웠다. 그가 정신을 회복하고 나면 앞이 보이지 않는다는 것도 말해줘야 하고, 내가 벌써 발 빠르게 자신을 장애인으로 등록했다는 사실도 말해야겠지. 남편에게 너무나 미안했다. 이래도 되는 걸까, 그는 그 사실을 받아들이는 데 얼마나 애를 먹을까, 그런 생각에서 놓여날 수 없었다. 나의 고민과 불편한 마음은 그대로인 채 남편은 뇌병변장애/시각장애 1급으로 판정되었다. (남편이 퇴원할 즈음 법이 바뀌면서 장애 등급이 아니라 장애의 정도에 따라 심한 장애/심하지 않은 장애로 구분하게 되었다.)

남편은 사고 당시 다니던 회사에 취업하기 전, 시각장애인들을 위한 컴퓨터 리더기를 만드는 회사에서 아르바이트를 했었다. 그때 그는 회사의 프로그램이 얼마나 획기적인 아이디어인지 내게 설명하면서 좋은 경험이 될 거라고 했다. 나 역시 대표부터 직원 모두 시각장애인으로 구성된 회사라는 데 놀라기도 했고, 그들의 삶을 조금이나마 곁에서 배울 수 있다는 그의 말에 공감했었다.

그때 남편과 내가 알던 시각장애인의 삶은 얼마나 단편적이었던가. 안내견과 함께 혹은 흰 지팡이를 짚고 출퇴근하는 모습, 희미한 시야로 모니터를 들여다보며 작업을 하거나 귀에 이

어폰을 꽂고 작업하는 모습 정도가 전부였다. 막상 장애인의 삶 속에 던져지고 보니 과거에 우리가 상상한 순간들은 그저 찰나에 불과했다. 우리가 마주해야 하는 건 상상 속 찰나와 찰나 사이 길고 긴 일상이었다.

어느 날 우리에게 갱신된 장애인 표기법에 따른 통지서가 도착했다. 나는 내용을 읽어주었고, 남편과 나는 '영구적으로 재판정을 받지 않아도 된다'는 문장을 쓸쓸한 마음으로 읽었다. 장애 판정을 다시 받지 않아도 된다는 건 다행스러운 일이었다. 고통을 끊임없이 수치화, 계량화해야 했던 과정을 괴롭게 기억하고 있으니까. 하지만 그 판정은 남편에게는 의학적으로 눈이 보일 가능성이 전혀 없다는 말을 의미하기도 했다.

남편의 장애인 등록 카드에는 아르바이트 지원 당시 찍었던 증명사진이 들어갔다. 새로 사진을 찍을 경황은 없었으니까. 사진 속 남편은 검은 뿔테를 쓰고 카메라를 향해 또렷한 시선을 보내고 있다. 야무지게 다문 입술이 그의 성정을 보여주는 것 같다. 그리고 그 빈틈 없는 얼굴 옆에 '시각장애'라는 글자가 또렷하다. 나는 그 사진과 글자를 얼마나 들여다보았나. 이제 남편의 지갑 속에는 장애인 등록 카드가 있다. 우리가 아무것도 모르던 시절과 앞으로 알아가야 할 시간을 함께 그리면서.

어디에도 없는 사람

치료와 재활 이외에도 우리에겐 가해자 측과 민사 소송을 해야 하는 과제가 남아 있었다. 변호사와 처음 만나 소송 이야기를 나누던 날, 나는 남편이 병원에 입원한 후 처음으로 사고 당시부터 치료 과정 중의 어려움, 환자와 보호자로서 우리가 겪는 불편함과 아픔들에 대해 소상히 말해볼 수 있었다. 나에게 그런 걸 묻고 귀 기울여 듣는 이는 변호사가 처음이었다.

두 시간 가까이 이어진 내 이야기를 다 들은 변호사는 미리 준비한 서류를 보여주면서 소송이 어떻게 흘러갈지 설명한 후 말했다. 소송의 절차는 길고 지난할 것이라고. 우리에게 완전히 유리한 결과를 장담할 수도 없다고. 다만 최선을 다하겠다고.

남편분과 아내분의 남은 삶을 떠올리면 이 소송의 무게가 어느 정도인지 알 수 있다고. 그 무게를 잊지 않고 노력하겠다고.

나는 그가 더 큰 액수의 보상금을 받아주겠다고 확신하지 않아서 고마웠다. 그런 말에도 속고 싶을 만큼 절박했기에, 차라리 그런 건 약속할 수 있는 문제가 아니라고, 있는 그대로 말해줘서 고마웠다. 그런 사람이라면 함께 이 고된 싸움을 해볼 만하리라고 생각했다. 공판을 앞두고 있던 어느 날, 나는 내 가슴속에 묻어두었던 이야기를 하기로 마음먹었다.

"변호사님, 제가 여기에 있었다는 걸 법정에서 판사님께 꼭 말씀해주실 수 있을까요? 남편이 살아나기까지 한 사람의 삶이 완전히 녹아들어야 했다는 걸 말씀해주실 수 있을까요? 저 역시도 어엿한 이 사회의 일원이었다고, 그런 한 사람의 삶을 통째로 바치는 일이 돌보는 일이라고 말씀해주실 수 있을까요? 돈으로 보상할 수 없을 만큼 소중한 것이 이 소송의 과정에 들어 있다고 얘기해주세요. 부탁드려요."

남편을 간호하는 내내, 내가 나의 존재를 분명하게 드러낼 기회는 없었다. 나는 분명히 존재하지만 어디에도 존재하지 않았다. 소송 과정 어디에도 보호자의 존재에 대한 인식은 없었다. 고작 몇백만 원의 위로금이 전부일 거라고 했다. 직업을 잃고, 인생의 계획을 잃고, 아니, 차라리 삶을 완전히 빼앗긴 대가가 몇백만 원의 위로금이라니. 나는 재판부에서 사용할 거라는 위로금 계산식을 보며 헛웃음이 나왔다. 거기에는 내 이름이, 주민등록번호가 있었지만, 내가 겪어낸 시간은 없었다.

소송 과정뿐일까. 사고 직후 회사에서는 우선 남편을 '휴직' 처리 해두었다. 그건 남편이 퇴직자가 아니라는 뜻이었고, 회사의 다양한 지원을 받을 수 있다는 의미였다. 그는 아픈 사람이었기 때문에 불안정하게나마 아픈 사람이라는 자리를 가질 수 있었다. 하지만 아픈 사람을 돌보는 사람의 자리는 없다. 돌보는 사람을 위한 휴가는 없다. 돌보는 사람을 위한 지원금은 없다. 의료보험에도 남편의 상해에 대해, 그 치료 과정에서 의료보험의 혜택이 미치는 범위가 존재한다. 급여 항목에 포함되는 치료들은 상당 부분 금액 면제를 받을 수 있다. 하지만 남편을 돌보며 허리와 손목의 통증을 얻고, 각종 신경성 질환에 시달리게 된 나의 건강에 대한 지원은 없다. 남편의 상태와 나의 병세 사이의 연관성은 무시되고, 나의 아픔은 그저 '개별적인 아픔'으로 분류되고 만다.

사회보장제도는 어떤가. 남편이 국가 시스템에 장애인 등록을 하고 이런저런 지원을 받을 때, 그 곁에서 종일을 보내며 낯선 제도와 상황을 겪어야 하는 나는 국가의 관심을 받지 못한다. 내게는 어떠한 지원도 없다. 한 인간에게 '혼자 움직일 수 없는 사람'이라는 해석이 붙은 정체성을 부여하면서, 그렇다면 누가 이 사람을 돌볼 것인가는 묻지 않는다. 친절한 주민센터 공무원이 "아내분이 곁에 계시는 거예요?" 물은 것이 전부다. 그렇다는 나의 대답에, 그는 역시나 친절하게 "아이고, 대단하시네요. 천사 아내시네" 하고 말했다. 나는 과연 누구인가.

나를 채우는 말들

나에게는 필요한 말들이 있었다. 병원에서 생활하는 내내 나는 어떤 말들에 심한 허기와 갈증을 느끼며 지냈다. 내가 나에게 그 말들을 해주기도 했지만, 자꾸만 꼭 타인의 입을 통해 듣고 싶은 말들이었다.

나는 방전된 내 마음을 보며 여러 번 생각했다. 남편과 집으로 돌아가면, 우리에게 바늘 한 땀만큼의 일상이라도 생긴다면, 그래서 누군가에게 위로의 말을 건넬 수 있게 되면, 나는 꼭 누군가의 마음을 조금이나마 충전해주며 살고 싶다고.

그런데 막상 내가 누군가에게 위로를 건네야겠다는 생각이 들자 망설이게 되었다. 어느 날은 내 위로가 너무 작고 보잘것 없어서, 어느 날은 모든 게 '나의 만족' 때문이라는 자괴감 때문에, 어느 날은 위로가 무슨 소용인가 하는 회의적인 마음 때문에, 나는 매번 망설였다. 조심스러웠다. 내 마음이 닿지 않는 건 괜찮았다. 오히려 내 마음이 잘못 닿으면 어쩌나 싶어 움츠러들었다.

감탄의 말이 필요한 순간에 잘못 건넨 위로는 의욕을 꺾고, 위로가 필요한 순간에 건넨 의욕적인 응원은 부담을 준다. 나는 감탄의 순간과 위로의 순간을 구분하기 위해 좀 더 예민하게 상대의 말을 듣는다. 둘을 뾰족하게 구분해내기 어려울 때, 나는 감탄을 좀 더 자주 선택한다. 감탄은 많은 경우에 듣는 이를 북돋운다. 위로가 필요한 순간조차 때로는 감탄이 위로 이상의 것을 전해주기도 한다. 누군가에게 순수하게 감탄할 수 있다면, 동시에 상대가 그 감탄을 있는 그대로 받아들일 수 있다면 우리는 더 많이 행복해질 것이다.

'나는 네가 얼마나 애썼는지 알아, 대단해' '나한테 얘기해도 돼' '정말 멋지다' '네가 바라는 그 일을 계속해줘, 기다릴게' 같은 말을 건네고 싶었던 것뿐인데 나는 머뭇거렸다. 기다릴 때는 한없이 다정하던 말이, 해야 할 때는 더없이 무거워졌다. 나와 손톱만 한 인연이라도 닿아 있다면 나는 그가 힘들다고 할 때 저런 말들을 전해주고 싶었는데, 내가 갑자기 이런 말을 건네면

저 사람이 나를 저만치 밀어낼까봐 걱정이 앞섰다.

나에게 차마 닿지 못했을 어떤 위로의 말들을 떠올린다. 내가 그 말들을 기다릴 때 누군가는 자신의 다정을 쥐고 하얀 밤을 보냈겠구나. 몇 번이나 글귀를 썼다 지웠다 하면서 말을 골랐겠구나. 그러다가 도저히 적당한 말을 찾을 수 없어서 허공에 내 이름이나 불러보고 말았겠구나. 그는 다시 그의 삶으로 돌아가고, 나는 여전히 그 말들을 기다리며 나의 삶을 살았겠구나. 나는 그때 정말 그 말들이 필요했는데……

나는 다시, 다시, 아주 작은 말이라도 건네기로 마음먹는다. 그때 나에게 오지 못했던 마음들까지 모두 모아, 나에게, 당신에게 전한다.

애썼다.
멋지다.
괜찮다.
좀 쉬어.
대단해.

그리고 고마워.

새로운 우리

병원에서 집으로 돌아온 나에게는 매일의 작은 기쁨이 필요했다. 내가 느끼는 부담과 두려움을 딛고 일상을 채워나가려면 정말 간절하게 기쁨이 필요했다. 오랜 병원 생활에 지쳐 있는 건 남편만이 아니었다. 집으로 돌아올 수만 있다면 모든 게 해결되리라 희망을 품었던 내가 정작 집에서 마주한 것은 일상의 어려움과 괴로움이었고, 나 역시 그 앞에서 숨 고르기가 필요했다. 하지만 그런 시간은 주어지지 않았다. 일상은 쉴 틈 없이 내 앞에 닥쳐왔다. 일상을 살아내기 위해 매일 '작은 기쁨'을 찾아내려 애썼지만 쉽지 않았다.

매일 절망하고 우울해하는 그의 곁에서 나는 하얀 종이처럼 바랬다. 남편의 절망을 다 헤아릴 수 없기에 그를 위로하는 일 역시 쉽지 않았고, 그의 새로운 세상과 내가 사는 이 세상 사이의 간극에 어지러운 날이 많았다. 그를 잘 도운 날은 내 온 존재가 탈진할 만큼 진이 빠졌고, 그를 잘 돕지 못한 날은 내 온 존재가 죄책감으로 너덜너덜해졌다. 남편의 손을 잡고 산책할 때면 그가 보지 못한다는 사실에 집중하느라 산책의 즐거움을 느낄 수 없었고, 길 위의 아주 작은 턱 하나도 나에게는 두려운 것이 되었다.

나는 매일 그가 살아난 것의 환희를 떠올리려 애썼다. 그가 어떤 위기를 맞았었는지, 그리고 그 위기에서 어떻게 살아 돌아왔는지, 그런 것들을 떠올리지 않고는 하루도 버틸 수가 없었다. 내가 감당해야 할 것들이 너무 크고 깊어서 두려웠다. '보이지 않는 건 그다. 나는 내 발로 어디든 갈 수 있고, 무엇이든 볼 수 있어. 그러니 힘내자'고 늘 되뇌었지만 정작 일상의 고통은 그런 말로 나아질 수 있는 종류가 아니었다. 그의 절망이나 아픔에 귀 기울이다보면 해가 저물었다. 그리고 몇 시간이 지나면 그 모든 일상이 반복되었다.

남편이 일상에 발을 딛고 2년쯤 지났을까. 나는 자궁경부암 검진차 산부인과를 찾았다. 그리고 암일지도 모른다는 소견을 들었다. 결과적으로는 추가 검진을 권하려는 상술이었을 뿐이지만, 그 말을 들은 날, 나는 남편을 인도하며 터덜터덜 집에 돌아와 저녁 내내 울었다. 암일지도 모른다는 두려움보다 내가 암에 걸리지 않을 이유가 없다는 생각이 나를 숨 막히게 했다.

남편이 병원에 입원한 후로 거의 매달 나를 괴롭혔던 지독한 생리통이 떠올랐다. 그렇다. 나는 지난 몇 년간 나에게 소홀했다. 스트레스는 상상을 초월할 만큼 컸고, 지속적이었다. 조직 검사도 없이 암이라는 소견을 내는 의사의 말을 의심해볼 겨를도 없을 만큼 나는 나에게 자신이 없었다. 나는 파노라마처럼 스쳐가는 시간들을 더듬느라 이성적일 수 없었다. 몇 시간을 울고 나서야 겨우 다른 병원의 검진 예약을 잡았다. 뭐든 필요한 일을 해야 했다. 새로 간 병원의 의사는 초음파를 자세히 들여다보더니 자궁선근종 같다고, 정확하지는 않으니 소견서를 들고 대학병원으로 가보라고 했다. 대학병원에서의 최종 진단은 '자궁용종'이었다. 입원 없이 삼십 분이면 수술을 받을 수 있는. 그제야 숨을 고를 수 있었다.

생각해보았다. 나에게 어떤 다른 선택지가 있었나. 내가 겪은 시간을 촘촘히 되돌아본다. 그때 나는 위독한 남편에게 최선인 선택을 하기 위해 노력했다. 그를 살리기 위해 최선을 다했다. 그렇다고 내가 나에게 완전히 소홀했거나 나를 지나치게 방치했느냐 하면 그건 아니었다. 나는 나에게 할 수 있는 한 최선을 다했다. 다시 돌아간대도, 나는 그때처럼 할 것이다. 그런 노력에도 불구하고 주어진 상황은 쉽게 나아지지 않았고 시간이 길어질수록 내가 감당하고 겪어야 할 일들도 늘어났지만, 그것까지 어떻게 할 수는 없었다. 도망치지 않기로 했으므로, 최선을 다해 겪어내는 수밖에 없었다. 그러니 그 시간 속의 나를 나무라지도 탓하지도 부족했다고 자책하지도 않기로 한다. 내가 그 시간 속의 나를 기억하고 있으므로. 다시, 다시, 이제부터 내가 나에게 할 수 있는 일을 하기로 한다. 나는 마음을 고쳐먹었다.

용종 제거 수술을 받으러 가던 날, 언제나처럼 남편과 동행했다. 우리는 어디든 함께였으니까. 나는 그가 보이지 않는다고 해서 갈 수 없는 곳이 있다고 생각하지 않는다. 우리는 어디든 함께 간다. 게다가 그도 나의 보호자였으니 병원에 동행하는 건 당연한 일이었다. 하지만 나의 보호자가 되기 위해 최선을 다하는 그의 노력이 무색하게, 그가 나를 보호할 수 있는 방법은 좀처럼 찾기 어려웠다. 그걸 보는 내 마음은 또 한 번 흔들렸다. 그것이 우리의 현실이었다. 그는 나를 인도할 수도 없었고, 정보를 검색해 알려줄 수도 없었다. 각종 검사를 받고 수술실 앞 대기 의자에서 수술을 기다리는 동안 어느새 나는 홀로 기다릴 그를 걱정하고 있었다. 그런 상황 속에서 남편 역시 좌절하고 있었다. 그는 내색하지 않으려 애썼다. 대신 자신이 할 수 있는 걸 하려고 노력했다. 나 역시 그가 해줄 수 없는 일에 대해서는 굳이 말하지 않았다. 그날 어쩌면 나는 우리 삶의 진실을 조금 더 있는 그대로 볼 수 있었다. "수술 오래 안 걸릴 거야. 여기 대기 의자에 앉아서 기다리면 돼."

남편에게 대기실 모습과 의자 위치 등을 설명하고 나서야 수술실로 들어갔다. 나는 수술복으로 갈아입고 수술실 침대 위에 누웠다. 간호사가 다가와서 내 팔에 주사를 꽂았다.

삼십 분간의 수술을 마치고 마취가 깨는 동안 회복실에 누워 있었다. 어느 정도 시간이 흐르자 나는 옷을 갈아입고 남편과 함께 진료실로 갔다. 의사 선생님은 수술이 잘되었다고, 자궁 내벽이 깨끗하고 난소도 건강한데 용종이 생겨서 의아하다고, 아마 최근에 스트레스를 많이 받으신 모양이라고, 한시름 놓으라고 말해주었다. 진료가 끝나고 남편을 인도해 집으로 돌아왔다. 나는 그날 이후로 완전히 달라졌을까? 나는 이제 나를 돌보는 데 더 익숙해졌을까?

나는 노력하고 있다. 아니, 우리는 노력하고 있다. 나의 돌봄 안에 나를 포함하기 위해서. 아무 말 없이 따라와주는 내 마음과 몸에게 좀 더 기다려달라고 말하는 일을 줄이려고 노력한다. 내가 먹는 것, 내가 쉬는 것에도 전보다 더 많이 마음을 쓴다. 남편에게 내 상황을 더 자세히, 더 자주 설명한다. 남편도 자신의 돌보는 능력을 조금이나마 키우려고 애쓴다. 귀 기울여 듣고, 나에 대해 이해하려고 노력한다.

나는 나의 몸에 대해 여러 생각을 하게 됐다. 내 몸은 내가 겪는 세상이나 나의 감정과 따로 노는 '관리 대상'이 아니라는 것. '건강이 최고'라는 말은 때때로 가장 무신경하고 따분한 말이 될 수도 있다는 것. 내 몸은 내가 겪는 세상이면서 감정의 집이며 결과다. 슬프면 슬퍼서, 기쁘면 기뻐서, 내 몸은 그것들에 반응하고 감응하며 살아가고 있다. 그러니 건강 관리나 몸매 관리라는 말은 나에게는 멀리 있는 단어처럼 들린다. 몸을 보살핀다는 건 단지 내 몸 하나가 예뻐지고 건강해지는 것이 아니라 내 삶이, 내 세상이, 내 감정들이 어떻게 변화하는지 알아가는 과정이다. 나는 내 몸이 무엇을 말하고 있는지 들으려고 한다. 생각해보면 내 몸은 나보다 나은 선생님이었다. 나는 내 몸을 존중한다. 깊이 아낀다.

여전히 우리가 만들어갈 일상은 미완성이다. 남편과 내가 함께하는 일, 나와 남편이 함께하는 일. 우리가 어느 쪽을 희생시키지 않고 함께 서는 일. 그리하여 '새로운 우리'를 만들어가는 일. 그런 것들을 우리는 매일 조금씩 해나가고 있다.

☀
우리 삶에
요가가 있다는 것

남편은 어깨에 철심을 박느라고 한 번, 뼈가 잘 아문 후에 그 철심을 제거하느라고 또 한 번 입원했다. 지금 그의 어깨는 쌩 쌩하다. 나의 병원 공포증은 여전하지만, 조금씩 나아지리라 희 망한다. 나는 나에게 해줄 수 있는 일들을 찾아가고 있다.

남편과 나는 우리에게 좀 더 체계적인 운동이 필요하다는 걸 인정했다. 남편과 산책하러 다닐 때나 집에서 이런저런 생활의 동작들을 연습할 때마다 느꼈다. 남편에게는 언제나 부상의 위 험이 있다는 것. 그리고 때로는 그 위험이 함께 다니는 나에게 도 공통으로 적용된다는 것. 더구나 남편과 내가 각각 수술을 받고 나서는 그 필요성을 더 강하게 느꼈다. 우리는 우리에게 어떤 운동이 좋을지 생각해보았다.

  1. 근력과 유연성을 함께 기를 수 있는 운동
  2. 기구를 사용하기보다는 맨손으로도 할 수 있는 운동
  3. 여럿이 하는 운동보다는 남편이 혼자서도 할 수 있는 운동

  조건에 맞는 운동은 얼추 두 가지 정도로 추려졌다. 필라테스와 요가. 하지만 필라테스는 맨손이 아니라 거의 대부분 기구 위에서 동작을 행해야 하니 최종적으로 요가를 택했다. 그다음은 우리가 다닐 수 있는 요가원의 조건을 생각해야 했다.

  1. 남편의 상황을 수용해주는 곳
  2. 개인 레슨이 가능한 곳(나와 함께 수업받을 수 있는 곳)
  3. 집에서 너무 멀지 않은 곳

  운동의 종목은 우리의 선택에 달렸지만, 장소는 우리가 선택받아야 하는 일이었다. 나는 집 주변의 요가원을 검색해 목록을 만들었다. 요가원마다 전화를 걸어 남편의 상태를 간략히 설명하고 수업이 가능한지 물었다. 대부분의 요가원에서는 조금 망설이다가 끝내 거절했다. 시각장애인을 대상으로 수업을 진행해본 적이 없었으리라.

예상하지 못한 건 아니었지만 거절이 이어지자 조금 기운이 빠지기도 했다. 하지만 운동을 시작하는 게 우선이라는 마음으로, 집 주변에 마땅한 곳이 없다면 차를 타고 이동하는 거리까지 범위를 좀 더 넓혀보기로 했다.

그렇게 지금의 요가원 원장님과 연결될 수 있었다. 원장님은 그 딴딴하고 시원시원한 목소리로, "물론 수업 가능합니다" 하셨다. 기쁘고 고마운 마음이 들면서도 남편의 상태를 좀 더 자세히 설명해야 하나 싶은 걱정도 있었다. 하지만 재활 치료 외에 새로운 운동을 경험한 적 없는 남편에 대해 무엇을 설명해야 할지 몰랐다. 그래, 우선 해보자.

남편은 꽤나 긴장했다. 그도 그럴 것이 퇴원 후 곧바로 코로나19가 발생하면서 우리는 외부 출입을 각별히 조심해오고 있었다. 입원해 있는 동안 잦은 폐렴으로 고생했었고, 코로나19가 호흡기와 폐에 후유증을 남긴다는 이야기를 들은 터라 더더욱 조심할 수밖에 없었다. 두 번의 어깨 수술을 마치고 났을 때는 코로나19가 제법 안정기에 접어든 시기였다.

남편은 여전히 잠을 제대로 이루지 못하고 있었다. 요가 수업 전날 밤에도 잠을 거의 자지 못해 걱정이 많았다. "매트 위에 누워 있다가 잠들면 어떡하지? 요가 수업 중에 화장실에 가고 싶으면 어떡하지?" 나는 별일 아니라는 듯 대답했다. "사바아사나 할 때 자는 사람 많아. 화장실 가고 싶으면 가야지, 그게 무슨 문제라고." 불안해하던 남편의 얼굴에 비로소 안심이 떠올랐다.

첫 요가 수업을 시작했다. 선생님은 온화하고 부드러운 목소리로 우리의 몸을 하나하나 풀어주었다. 경직된 몸, 굳은 어깨와 움츠러든 가슴, 짧아진 호흡과 뻣뻣해진 골반, 그러면서도 기운 없는 팔다리. 선생님은 잘하고 있다고, 그렇게 하면 된다고 말해주었지만, 그런 다정한 말들에도 불구하고 남편과 나는 알 수 있었다. 우리는 지금 수련이 아니라 '재활' 중이라는 걸.

그게 이상한 일은 아닐 테지. 우리 몸은 우리 마음이 사는 곳이고, 지난 몇 년간 우리의 마음은 말 그대로 만신창이가 됐으니까. 내 몸의 어딘가가 경직되어 있다는 말을 들으면 나는 그 부위를 생각하며 마음을 썼다. 그럴 만하다고, 그럴 수 있다고 말해주었다. 어떤 날은 나의 어깨에게, 어떤 날은 나의 목에게, 어떤 날은 나의 골반에게 그렇게 말했다. 유연성이 좋은 편은 아니었던 남편은 사고 후로 더 많이 경직됐을 텐데도 선생님의 설명에 따라 몸을 움직이는 일을 두려워하지 않았다. 그도 몸에게 말해줬을까. 그럴 만하다고, 그럴 수 있다고. 나는 그가 그럴 수 있기를 바랐다. 자신에게 늘 가혹한 그가, 매트 위에서는 남몰래 자신의 몸을 보듬고 매만져주기를 바랐다. 한 시간을 가득 채운 수업이 끝날 때쯤 되면 남편과 나는 어딘가 달라진 듯한 기분으로 매트에서 일어난다.

선생님은 눈으로 자신의 몸과 동작을 확인할 수 없는 남편을 위해 수업 내용을 녹음하도록 허락해주었다. 우리는 일주일에 두 번 수련을 갔고, 어떤 날은 집에서도 녹음 파일을 틀어놓고 동작들을 연습했다. 특히 남편이 아주 열심이었는데, 그는 잠이 오지 않는 밤이면 거실에 요가 매트를 펼쳤다. 나는 그게 참 좋았다. 매트를 바닥에 깔고 그 위에 서면, 한 시간 동안은 누구의 도움 없이도 그 스스로 몸을 움직여 동작들을 해낼 수 있었다. 매트 위에서 남편은 아무 문제가, 없었다.

자연스럽게 남편의 삶에, 물론 나의 삶에도, 요가라는 것이 들어왔다. 처음에는 힘들어서 온몸에 담이 들기도 했고, 가끔은 몸살이 나서 수업을 못 가기도 했다. 하지만 그런 날들에도 우리는 우리에게 요가가 있다는 걸 늘 기억했다. 침대에 누웠다가 선생님께 배운 한두 동작의 스트레칭을 놀이처럼 할 수 있게 되었고, 서 있을 때나 걸을 때 문득 우리의 몸을 살펴보게 되었다. 내 허리가 곧게 펴져 있는지, 고개를 숙이지는 않았는지, 발가락은 잘 쓰고 있는지!

우리는 그렇게 우리의 몸에 대해 이야기하게 되었다. 그건 마음에 대해 이야기를 하는 것과는 비슷하면서도 달랐다. 마음은 자주 지금 이곳을 떠난다. 과거에 있거나 미래에 있기 일쑤다. 과거는 고통으로 가득했고, 미래는 알 수 없는 뿌연 안개 속이었다. 그러나 호흡하고 몸을 움직일 때면 '지금 여기'에 있을 수 있었다. 나의 어깨와 나의 발, 나의 골반과 다리, 어제 배운 새로운 움직임에 대해 말할 때 우리는 활기찼다. 순간순간 우리에게 다시 시간이 주어졌다.

우리의 몸이 만들어내는 시간. 비로소 나의 마음이 나의 몸 안에 살기 시작하는 순간. 고통과 두려움보다 선명한 시간의 감각이 생겼다. 너무 큰 고통을 겪고 그 고통 속에서 살고 있는 사람에게는 새로운 시간이 필요하다. 과거도 현재도 미래도 아닌, 그 자신의 몸이 살아갈 시간, 그 자신의 마음이 발 디딜 시간이.

과거, 현재, 미래가 뒤엉킨 채 뿌연 안개 속에서 헤매던 우리는, 사라질 듯 옅어졌던 우리는, 작은 매트 위에서 우리 자신의 시간을 되찾았다. 우리 자신의 존재를 다시 발견했다.

요가는 '지금 여기의 우리'를 선물해주었다.

어둠 속을 걷는 기록

흰 다리에 푸른 멍이 가시지 않는다. 그의 발톱을 깎아줄 때마다 나는 그의 발이나 다리에 멍이 든 걸 발견한다. 때로는 본인도 기억하지 못하는 이유로 그의 다리에는 언제나 멍이 들어 있다.

남편은 수시로 어딘가에 부딪힌다. 집에서 홀로 움직일 때는 특히 그렇다. 안방에서는 침대 매트리스를 기준으로 동선이나 거리를 정하는데, 그는 공간에 점차 익숙해질수록 동선과 상관없이 걷고 싶어했고, 그럴 때마다 선풍기에 툭 부딪히거나, 화장대에 툭 부딪히는 것이다.

안방은 거실에 비하면 형편이 나은 편이다. 우리 집 거실에는 아일랜드 식탁과 남편의 작업 공간으로 쓰이는 테이블 두 개가 가구의 전부인데, 남편은 거실을 가로질러 베란다까지 가는 동안 두 번은 꼭 툭툭 부딪힌다. 나는 그 소리를 듣거나 모습을 볼 때마다 인상을 찌푸리게 된다. 부딪히지 않고는 걸을 수 없나, 답답한 마음이 된다.

시간이 얼마나 흘렀을까, 그날도 신나게 베란다로 향하던 남편이 평소보다 좀 세게 거실 테이블에 허벅지를 부딪혔다. 그날따라 마음이 아파서 결국 말을 꺼내고 말았다.

"나 자기가 부딪히는 걸 보는 게 너무 힘들어."

그리고 그날 남편이 한 대답을 잊을 수 없다.

"그렇겠다. 근데 나는 부딪쳐야만 걸을 수 있어. 부딪쳐야만 내가 어디쯤 왔는지, 어디로 가는지 알 수 있거든. 나는 아무 데도 부딪치지 않고 걷는 게 제일 무서워. 이게 나야. 그러니까 너무 걱정 마. 조심할게."

가슴 한편이 서늘해져온다. '부딪쳐야만' 걸을 수 있다는 남편의 말에 누가 심장을 꽉 쥐었다 놓은 것처럼 마음이 아프다. 그랬구나. 그가 걷기 위해서는 부딪쳐야 하는 거구나. 생각해보니 흰 지팡이는 남편을 위해 먼저 부딪쳐주는 것이었다. 남편보다 먼저 땅을 짚어보고 장애물에 부딪쳐보고, 남편에게 지금 조심해야 한다고 일러주는 것이었다.

그날 이후로 나는 남편이 부딪치는 일을 조금 다른 마음으로 대하게 되었다. 어쩌면 그가 어딘가에 부딪히는 걸 불편해했던 건 결국 아파하는 내 마음을 위한 거였다는 생각이 들었다. 그에게 꼭 필요한 일이고, 피할 수 없는 일이라면 아파하는 내 마음보다는 그 일이 더 중요하다.

우리는 자주, 무탈한 삶을 바라고, 아무 데도 부딪히지 않는 순탄한 인생을 기대한다. 뭐든 잘 해결되기를, 아무 장애물 없이 해나갈 수 있기를. 나는 나의 삶을 되돌아본다. 정말 그런가. 어디에도 부딪히지 않고 어떤 장애물도 없는 삶이 정말 좋을까. 그런 삶이 가능한지의 문제가 아니라 정말로 그런 삶이 좋을까.

나는 어딘가에 부딪혔을 때, 그러니까 내가 하려는 그 일이 잘되지 않아 괴롭고 힘들 때, 오히려 더 많은 것들을 배우곤 했다. 그 부딪힘으로 나는 내가 누구인지 더 잘 알 수 있었고, 나를 멈추게 한 무언가를 오래 들여다볼 수 있었고, 내가 원하는 게 무엇인지, 내가 바라는 건 어느 쪽인지 더 정확하게 알 수 있었다. 그러니 부딪히지 않았다면, 어쩌면 나는 지금의 내가 아닐지도 모른다. 그때의 나는 지금의 나와는 분명 다른 사람이 되었을 것이다.

그렇다면 부딪히는 것이 꼭 나쁜 건 아니겠구나. 어쩌면 그건 그저 우리가 살아가는 모습이겠구나. 그러니 남편의 말은 꼭 우리 삶에 대한 은유 같다고 생각했다. 그러니 부딪힘은 우리가 자유롭게 살아가고 있다는 반증일지도 모른다고.

하지만 동시에 생각한다. 그게 너무 큰 고통이나 괴로움은 아니기를. 혹은 겪지 않아도 될 부조리나 부당함은 아니기를. 부딪힘으로 인해 완전히 무너져 다시는 일어나지 못하는 일이 없기를. 우리가 그 부딪힘을 통해 뭔가를 깨달을 수 있기를.

남편과 함께 지내는 하루하루를 통해 나의 사전에는 '지켜본다'는 말이 다시 쓰이고 있다. 내가 그를 지켜보는 건 그가 자유롭기를 원하기 때문이라는 걸 새로 배웠기 때문이다. 내가 생각하기에 더 나은 길이, 더 나은 방식이 있다고 할지라도 그건 어디까지나 나의 생각이고 나의 방식일 뿐, 그의 길이, 그의 방식이 있음을 인정하려고 한다.

보호하며 지켜보는 일, 놓아주며 지켜보는 일. 어쩌면 그게 돌봄의 전부일지도 모른다.

그건 마치 사랑하는 일 같다. 누군가를 사랑한다면 그 사랑의 가장 마지막 모습은 끝내 상대를 자유롭게 해주는 일일 거라고 생각한 날이 있었다. 그가 그의 뜻대로 행복하기를. 그가 그의 방식대로 살아가기를. 나 역시 나의 뜻대로 행복하고 나의 뜻대로 살아가기를. 상대에게 '깨진 그대로 와서 편하게 있어요' 하고 말해줄 수 있기를.

나는 오늘도 내 사랑이 어디쯤 와 있는지 나에게 묻는다. 아직 가야 할 길이 남아 있다는 대답을 들어도 나쁘지 않다. 나는 아직 살아 있고, 걸을 수 있기에. 우리는 함께 걷고 부딪히고 부딪치며 다시 그 길 위에서 웃고 또 울 것임을 잘 알기에.

당신의 목소리를 듣는 일

혹시 처음 '간호 일기'를 읽어주던 그때가 기억나요?

정신을 차리고 보니 낯선 침대 위에 묶여 있던 나는 매우 두려웠어요. 아무것도 기억나지 않으니 나는 내가 어디에 있는지 무얼 하고 있는지 몰라서 어리둥절했어요. 하지만 가장 충격적인 것은 내 몸이, 내 손과 발이 보이지 않았다는 거예요. 분명 존재하는 모든 것이 느껴지는데 보이지 않는 그것들이 얼마나 무서웠는지. 그때 당신이 떠올랐어요. "상희는 어디 있지? 날 분명 찾고 있을 텐데, 알려야 해."

그때는 몰랐어요. 당신이 항상 내 곁에 있었다는 사실을. 내가 기억도, 인지도 할 수 없던 2년이 넘는 시간 동안 매일 곁에 있어주었다는 걸 전혀 몰랐어요. 그 사실을 알게 된 건 바로 이 책의 모태가 되는 간호 일기 덕분이죠.

내가 정신을 차리고 얼마 후부터 병원 휴게실에서 당신이 읽어주는 십여 개의 이야기를 듣는 것이 정말 큰 즐거움이었어요. 아니, 솔직히 거의 유일한 즐거움이었죠. 이런 나를 위해 당신은 녹음기를 구해줬어요. 그 녹음기에 기록된 이야기들을 당신이 집에 돌아간 이후에도 듣고 또 듣고 다시 들었어요. 아마 카세트테이프 녹음기였다면 다 늘어나서 이미 고장 나버렸을 거예요. 매일 밤 당신의 목소리를 통해 나의 잃어버린 시간들을 알게 되었어요. 간병인 아저씨가 잠을 자야지 밤마다 무얼 하느냐고 해도 소용없었죠. 나에게는 당신의 목소리를 듣는 것이 훨씬 소중했으니까요.

퇴원은 생각도 못 했던 당시부터 우리의 시간들이 담긴 이야기가 참 고마워요. 단순히 병원에서의 시간뿐만 아니라 사고 이전의 시절과 그 이후의 달라진 모습으로 살아가고 있는 요즈음의 이야기까지 담겨 있는 이 책이 고마워요. 이야기를 쓰면서 기억을 꺼내느라 마음이 헤집어지더라도 끝까지 마음을 돌아보며 우리의 한 시절을 글로 써 내려간 당신에게 고마워요.

물론 우여곡절도 많았지요. 집에 처음 돌아와서 정신을 차리지 못했을 때 나는 내가 당신의 짐만 될 뿐 아닌가 하며 좌절했어요. 당신을 놔줘야 하나, 아니 놓쳐야 하나 생각하기까지 했으니까요. 나뿐 아니라 당신 역시 갑자기 이런 삶에 빠져들게 해버렸다는 것, 혼자서 할 수 있는 일이 없다는 것, 생산적인 활동을 하기 어렵다는 것이 나를 좌절시켰어요. 이런 내 삶에 당신까지 묶어버리게 된다는 사실은 정말 참기 힘들었어요.

퇴원해서 집에 돌아가기로 했던 날이 기억나요. 당시 병원에서 받는 충격과 스트레스에, 매일 당신과 이별 아닌 이별을 해야 하는 것에 힘들어하던 나를 위해 당신이 용기를 내주었죠. 그 누구에게도 얘기하지 않고 나와 집으로 돌아왔었잖아요. 마치 첩보작전처럼 당신이 조금씩 짐을 옮길 때 나는 정말 기뻤어요. 지금 생각하면 철없다는 생각이 들지만 당시의 나는 당신과 다시 내가 아는 그곳으로, 우리의 집으로 돌아간다는 사실이 마냥 좋았어요. "집에 돌아가기만 하면……!!" 하고 의지를 불태우고 있었죠.

하지만 현실은 달랐어요. 나는 그야말로 아무것도 보이지 않는 전맹 장애인이죠. 게다가 사고 이후 오랜 병원 생활로 인한 후유증까지 한아름 안고 있고요. 이 말은 곧 내 옆에 있는 사람, 그러니까 당신이 떠맡을 짐의 무게가 심대하다는 것이었어요.

나는 퇴원 후에도 불안을 잘 떨치지 못했죠. 집 밖으로 나오면 거기가 어디든, 식당이거나 공원이거나 화장실 위치부터 확인해야 했어요. 남편으로서 솔직히 많이 부끄러웠지만 당신의 응원 아닌 응원에 힘입어 도움을 청했어요. 그 요청에 늘, 한 번도 싫어하는 기색 없이 적극적으로 응해줘서 고마워요.

당신과 잘 지내보려 할수록 당신에게 짐만 되는 것 같아서 점점 더 우울해하는 나를 보듬어주고 이해해줘서 고마워요. 너무나 절망적인 내 마음을 당신에게 다 들킨 것 같아서 더 부끄러웠고 더 숨어버리고 싶었어요. 그런 내 곁에서 당신은 늘 웃으며 이야기를 건네주었죠. 나는 당신이 어떻게 그렇게 할 수 있는지 알 수 없었어요. 그냥 당신에게 고마웠어요.

현재와 미래가 불안하여 한숨도 못 자고 꼬박 밤을 새우는 일도 잦았죠. 사실 내 현실을 알게 된 뒤로 황당함과 다가올 날들에 대한 우려 등으로 퇴원하기 얼마 전부터 잠을 못 자기 시작했어요. 그런 와중에 눈까지 부셔오면 너무 답답하고 화가 났어요. 며칠씩 밤을 새우는 나에게 당신은 잠에서 깨도 괜찮으니 당신 손을 잡으라고 얘기해줬죠. 당신의 손을 잡으면 조금씩 마음이 누그러지기도 한다는 걸 알고 있었으니까요. 나는 당신이 깰까봐 매번 당신의 손을 잡지는 못하지만, 당신의 손을 잡을 수 있다고 생각하면 긴 밤을 조금은 덜 외롭게 보낼 수 있어요.

사실은 매일 아침 잠에서 깰 때마다 혹시 시신경이 기적적으로 회복되어 좁쌀만큼이라도 보이지 않을까 기대하기도 해요. 만약 그렇게 된다면 나는 당신의 얼굴을 오래 바라보고 싶어요. 하루 종일이라도 지치지 않고 계속 바라보고 싶어요. 그렇게 한참 그 얼굴을 바라보고 나면, 고개를 숙이든, 허리를 굽히든, 어떻게 해서든지 혼자서 뭐라도 할 수 있을 텐데…… 생각하면서요. 하지만 시간이 지날수록 그런 기대는 실현 불가능한 일이라는 걸 인정하게 돼요. 그럼에도 불구하고 다시 살아가겠다고 마음먹게 된 건 아직 내가 최선을 다하지 않았다는 생각 덕분이었어요. 아무리 악조건이 되었다지만 최선은 다해보아야 한다고, 그것이 나뿐 아니라 당신에 대한 존중이기도 하다고 생각했어요. 내 곁에서 몇 년을 지켜주고 있는 당신을 떠올리면 내가 해야 할 일은 포기가 아니라 최선을 다하는 것이라고 생각했어요. 그 후로도 쉽지는 않았지만 가슴 한구석에 포기할 수 없다는 마음만은 똑똑히 빛나고 있어요.

이 책이 있어서 잃어버린 줄 알았던 시간들을 기억하게 되고, 고마운 사람들을 알게 되었어요. 제 마음도 다시 한번 돌아보게 되었어요. 고맙습니다. 이 짧은 한 편의 글을 쓰느라 아주 오랜 시간이 걸렸지만, 처음으로 뭔가를 완성해보았네요. 이 글을 쓰면서 저도 다시 뭔가에 도전해보고 싶다는 생각을 하게 되었어요. 덕분입니다.

마지막으로 다시 한번 이 긴 시간을 함께해주고 있는 아내에게 고맙다는 말을 전합니다.

나다운 얼굴을 하고서

그날도 남편과 함께 산책을 나서는 길이었습니다. 집 앞 사거리를 지나면 재래시장이 있어서 할머니들이 좌판을 펼치고 애호박이며 쪽파, 마늘 같은 것들을 직접 손질해서 팔고 계셨어요. 저희는 그 앞을 막 지나는 중이었습니다. 평소처럼 시답잖은 농담을 주고받으면서요. "다음 생에도 다시 만나자." 남편이 말했어요. "으휴, 됐어. 이번 한 번으로 족하다." 제가 대답했죠. 그런데 다음 생이라는 말이 어쩐지 제 마음에 와서 박혔습니다. 불쑥 이런 말이 튀어나왔어요. "남편, 다음 생에는 아프지 마. 다음 생에는 하고 싶은 대로 자유롭게 살아." 할머니들의 좌판 앞에서 저희는 또 엉엉 울고 말았습니다.

생각해보니 저는 다음 생 같은 걸 떠올리지 않고 살아왔습니다. 그저 이번 생에 저에게 주어진 짐들을 이고 진 것으로도 벅찼어요. 그러니 제 앞에 닥쳐오는 수많은 문제를 해결하며 사는 데 급급했습니다. 남편이 '다음 생'이라는 말을 건넸을 때 처음으로 '다음'이라는 것을 상상해보았고 그때 제가 바라는 걸 떠올리게 되었습니다. 윤회나 환생의 이야기가 아닙니다. 이건 '소망'에 대한 이야기입니다.

우리에게는 소망이 생겼습니다. 남편의 다음 생은 아프지 않기를. 저의 다음 생은 평안하기를. 우리는 그날 아프지 않고 괴롭지 않은 다음 생을 약속했습니다. 허무맹랑한 약속이어도 괜찮습니다. 그런 생을 상상하는 일이 즐거웠어요. 소망 하나를 마음에 품는 일은 어두운 마음에 작은 촛불을 하나 켜두는 일이더군요. 그날 이후로 자주 상상합니다. 내가 바라는 삶에 대해. 그가 바라는 삶에 대해. 어쩌면 소망은 다음 생이 아니라 남은 생에 조금씩 이뤄가는 건지도 모르겠습니다.

남편이 병원에 있는 동안 쓰기 시작한 간호 일기가 이렇게 한 권의 책이 되어 나왔습니다. 처음에는 그저 매일의 간단한 기록에 불과했습니다. 제 눈앞에서 어딘가로 자꾸만 사라지려는 남편을 보며 뭔가를 남겨야겠다는 생각이 간절했습니다. 그가 어떤 주사를 맞았는지, 무슨 검사를 받았는지 쓰기 시작한 메모는 점차 하루의 감정들을 기록하는 일기로 나아갔습니다. 이전까지 제 기록 안에는 제 이야기만 살고 있었는데, 남편이 아픈 후로 제 기록 안에는 남편의 이야기가 들어왔습니다. 그 기록 안에서 남편과 저는 함께 살기 시작했습니다. 그리고 그런 기록들이 이어지던 어느 날 문득 글을 써야겠다고 생각했습니다.

비로소 '간호 일기'라는 이름의 글을 쓰던 날을 기억하고 있어요. 재활병원의 치료실 유리문 앞에서 남편의 운동 치료가 끝나기를 기다리며 썼습니다. 그다음 글은 병원으로 향하던 버스 안에서 울면서 썼고요. 그렇게 이어지던 글쓰기는 남편이 퇴원하고 잠시 뜸해졌습니다. 우리에게는 손톱만큼의 시간도 주어지지 않았어요. 허둥거리느라, 좌절하느라, 슬픔을 헤아리느라 하루가 부족했습니다. 하지만 상황을 탓하며 미루기만 할 수는 없었습니다. 다시 글을 써야겠다고 생각했어요. 그때 글쓰기는 제가 할 수 있는 거의 유일한 선택이었습니다. 저는 매일 책상 앞에 앉았습니다. 어떻게든 매일 글을 쓰고 책을 읽었어요. 그 작은 책상 앞에서 저는 저만의 완결된 무언가를 해낼 수 있었습니다. 잘하지 못해도 상관없었어요. 끝까지 해보자, 그런 마음이면 충분했습니다. 그렇게 글쓰기는 저를 다시 일으켜 세웠습니다.

이 책은 아주 오래 쓰였습니다. 그건 '시간'의 문제이기도 하고, 어쩌면 '존재'의 문제이기도 할 거예요. 남편과 저는 남편의 사고 이전으로는 돌아갈 수 없게 되었습니다. 그래서 우리의 과거와 현재가 함께 담긴 이 책이 마치 우리의 생 전체를 관통하는 것처럼 느껴지기도 합니다. 가끔은 부담스럽기도 했습니다. 저를 되살리기 위해 쓰기 시작한 글이 도리어 제 안을 깊이 파고들어 헤집기도 했고, 그럴 때면 수면 아래 묻혀 있던 기억까지 선명해져서 며칠씩 마음을 다치기도 했습니다. 때로는 너무나 내밀한 순간들을 글로 옮기는 게 잘못인 것처럼 느껴지기도 했습니다. 그런데도 제 마음 안에 이 시간을 '저만의 방식'으로 기억하고 싶다는 목소리가 있었습니다. 이 책에 기록된 이야기를 통해 지나온 시간 속의 순간들을 거듭 돌아보며 숨어 있는 나까지 기억할 수 있다면 충분하다고 생각했습니다.

책에 다 쓰지 못한 고마운 이들이 떠오릅니다. 제가 저를 기억하느라 그들에 대해서는 미처 다 적지 못했습니다. 그들은 이미 마음속에 쓰여 있고, 오래도록 지워지지 않을 겁니다. 이 글을 빌려 고맙다는 말을 전합니다. 글쓰기를 따로 배운 적도 없고, 책을 출판해본 적도 없는 제게 함께 책을 내보자고 용기 있게 먼저 손 내밀어준 나의 편집자, 김소영 님께 말로는 다할 수 없는 애정과 감사를 보냅니다. 우리가 처음 만났던 카페에서의 오후가 떠오릅니다. 함께인 시간 동안 '나의 기억'은 '우리의 기억'이 되었습니다.

   자, 이제 저는 다시 저의 일상으로 돌아갑니다. 우리의 일상에 묻어 있는 그와 나의 슬픔을 만나러 갑니다. 저는 그 슬픔과 함께 살아갈 것입니다. 그 얼굴을 오래 바라볼 것입니다. 그것이 저의 삶임을 잊지 않겠습니다. 고맙습니다.

그 얼굴을 오래 바라보았다
ⓒ이상희, 2023

1판 1쇄   2023년 9월 27일

지은이   이상희
펴낸이   김이선
편집   김소영
디자인   김마리
마케팅   김상만

펴낸곳   (주)엘리
출판등록 2019년 12월 16일 (제2019-000325호)
주소   04043 서울특별시 마포구 양화로 12길 16-9 (서교동 북앤빌딩)

✉   ellelit@naver.com
🐦 📷   ellelit2020
전화   (편집) 02 6949 3804 (마케팅) 02 3144 6420
팩스   02 3144 3121

ISBN   979-11-91247-40-4 03810